L'INCONSTANCE D'HYLAS,

TRAGE-COMEDIE-Pastorale.

Par le Sieur MARESCHAL.

A PARIS,
Che FRANCOIS TARGA, au premier pilier de la grand' Salle du Palais, deuant la Chapelle, au Soleil d'or.

M. DC. XXXV.

Auec Priuilege du Roy.

A TRES-HAVT ET PVISSANT PRINCE MONSEIGNEVR HENRY DE LORRAINE, Archeuesque & Duc de Rheims, premier Pair de France, Legat né du S. Siege Apostolique, Abbé de S. Denys en France, S. Remy, Fécamp, Occamp, Corbie, Montierander, S. Martin lez Ponthoise, &c.

MONSEIGNEVR,

Si i'auois à traiter auec vn esprit moindre que le vostre, ie rechercherois quelques vaines flatteries & ces beaux mots affectez, qui sont le plus souuent tous les orne-

mens d'vne Lettre; & ne demanderois que les portes de vos oreilles pour entrer en vostre cœur. Mais comme ie sçay que c'est vn Autel qui ne reçoit point de fumée en sacrifice, & qu'on ne peut gagner vos affections sans parler à vostre iugement, qui est vn Iuge qu'on ne peut corrompre; ie m'addresse à luy sans pompe & sans fard, & ne le veux tenter que par la verité, qui parle mieux que le mensonge le plus eloquent. Ie n'yray pas la chercher dans l'Histoire, ni dans le Tombeau venerable de tant de Heros qui ont remply & l'vn & l'autre; puis qu'on vous peut loüer à moins de bruit que d'éveiller les Morts, & de faire sonner les plus claires trompettes de la plus vieïlle & nouuelle Renommée. Ie laisse donc à part cette illustre Maison, qui est venuë par tant de triomphes & d'honneur des premiers siecles iusqu'au nostre, qui malgré tous les vents ne doit tomber qu'en la cheute du Monde, & qu'on ne sçauroit ignorer tant qu'il y aura des Aigles à Rome, des Lys en France, & des Croix dans la Palestine. Que d'autres se plaisent à l'ombre; cette vieïlle Souche en a fait vne si grande qu'elle a couuert l'Europe & l'Asie: Pour moy ie ressemble a ces Oeconomes plus ménagers que voluptueux, i'estime l'arbre par le fruict. Ie regarde vostre merite plustost que cét éclat que vous tirez de vostre naissance; Vous auez vos vertus a part aussi bien que tous vos Ayeulz: ils vous ont moins laissé que vous ne leur auez déja rendu; & pour vous estimer plus noblement, i'admire vostre Grandeur seulement du côté qu'elle vient de vous. Voila, MONSEIGNEVR, *comme ie vous traite: Ie ne veux point vous donner de loüanges empruntées; & si ie voulois croire vostre modestie, ie ne vous en donnerois point du tout. Mais il est impossible, à moins que de se taire, & parler simplement de vous, c'est loüer, c'est benir, c'est exalter; puis que vous n'auez point de qualitez ni de perfections de qui l'on puisse discourir en d'autres termes. C'est par où ie me treuue dans cette contrainte glorieuse qui fait la plus douce felicité des Esprits celestes; qui n'ayant pour objet de leurs pensées & de leurs paroles que des vertus &*

des graces, n'ont de voix außi que pour adorer, & qui ne ſoient en effect des loüanges & des hymnes. Toutesfois, MONSEIGNEVR, *pour obeïr à la ſecrette & ſeuere deffenſe que voſtre diſcretion me fait de paſſer outre, & de peur de vous donner ſur vn bon deſſein de mauuaiſes paroles, mon reſpect les finiroit & me fermeroit la bouche; n'eſtoit qu'Hylas dedans ſon humeur libre ſe plaint hautement que ie l'ay oublié, & ſemble me faire vn iuſte reproche, de ce qu'en le preſentant à voſtre Grandeur, il ne m'eſt pas échapé ſeulemẽt vn mot en ſa faueur. C'eſt contre la coûtume ie l'auouë, il faut eſtimer le preſent qu'on donne, quand ce ne ſeroit que pour le faire treuuer, & plus digne & plus agreable. Ce deſſein eſt fort iuſte: Mais outre que l'on en abuſe, & qu'en vantant ces dons d'eſprit on ſe regarde pluſtoſt que ceux à qui on les offre; de peur de tomber dans ce vice ſi commun, ie me ſuis tellement attaché à vous ſeul, & vos vertus ont ſi fort remply ma penſee, qu'en vous admirant ie n'ay pû la tourner vers vn autre. Qu'Hylas s'en offenſe autant qu'il voudra:*

Il m'estoit impoßible de parler à vous, & de songer à luy; ie ne l'ay point abandonné, mais ie vous ay suiuy: ie n'ay point manqué d'amitié pour luy, mais i'ay plus eu encore de respect pour vous. Ce *luy est vn tesmoignage asseuré de mon amour de ce que ie m'oblige peut estre à rougir pour luy, & que ie ne feints point de l'offrir à vostre* Grandeur, *à qui l'on ne deuroit donner que l'Escarlate, & la* Thyâre. *Qu'il vienne pare de ses graces naturelles, qui l'ont fait souuent admirer sur le* Theatre, *& dans les plus beaux* Cabinets; *qu'il se serue, afin de vous aborder plus honorablement, des applaudissemens qu'il a receus de tous* Paris, *& d'vne vieille reputation continuée de cinq à six ans; mais qu'il n'attende de moy ni de vanité pour le loüer, ni d'ambition & d'effronterie à le produire.* C'est *assez* MONSEIGNEVR, *que ie luy aye donné connoissance des lumieres & des rares perfections dont vostre esprit est remply, à qui il n'est rien de caché en ce genre d'écrire; où vous-mesme excellez, & dont vous auez donné depuis peu de nouueaux témoignages, qui sont trop beaux pour* *demeurer entierement ſecrets: Il eſt ſuffiſamment inſtruit de ce qu'il doit ou eſperer ou craindre de voſtre capacité; il ſçait que vous connoiſſez également le bien & le mal; qu'il n'eſt point de defauts ſi cachez qu'vn traict d'œil ne vous decouure; & qu'en vn lieu où il cherche ſon Protecteur, il treuuera ſon Iuge. Cela deuoit l'auoir intimidé, & ne luy a toutefois qu'enflé le courage: Il ne ſeroit pas cet Hylas, de qui l'humeur & l'eſprit ont paru ſi agreables à toute la Cour, s'il craignoit l'entretien du plus poli & plus parfait des Princes: & ſur la foy qu'on peut tirer de tant de douces inclinations qui vous portent à aymer les honeſtes gens, j'ay bien oſé tout diſcret que ie ſuis, luy faire eſperer de voſtre bonté vn accueil fauorable, ſi ſa reputation n'eſt point fauſſe, & s'il eſt de vray auſſi honeſte homme que ie ſuis parfaitement,*

MONSEIGNEVR,

De voſtre Grandeur,

Le tres-humble & tres-obeiſſant ſeruiteur,
A. MARESCHAL.

AV LECTEVR.

N'Attends point de longue Preface au front de cette Piece, pour la rendre plus recommandable, ou pour me faire loüer hautement par vn Amy. Aprés l'applaudissement general & l'honneur qu'elle a receu dessus vn Theatre de cinq ans, ie m'imagine que son titre luy sert de recommandation ; & ie ne suis pas assez vain, pour faire tomber vn Amy dans cette lâcheté de me flatter. C'est tout dire en deux mots : VOICY HYLAS. Tous ceux qui l'ont connu l'attendent depuis vn long temps auec impatience ; & ceux qui ne l'attendent point ne pouront s'empecher de le connoistre, s'ils se hazardent de le regarder ou de l'écouter vn moment. Ce n'est pas qu'il ait l'esprit excellent, il touche de trop prés au mien : mais c'est qu'il est de bonne humeur : espreuue-le, si tu ne m'en veux croire, & ne crains point de t'ennuyer.

ARGVMENT
de l'Inconstance d'Hylas.

HYLAS, le plus gentil esprit de la Prouince des Romains, & sorti de la meilleure famille de ces anciens Pâtres qui habitoient l'Isle de Camargues, passa les premiers ans de sa ieunesse dans la villle d'Arles; d'où l'amour la liberté & son inconstance le tirerent, ou plustost vne honte d'auoir manqué Styliane, aprés auoir quitté Carlys sa premiere Maistresse. Pour aller à Lyon il se mit sur le Rône dans vn Bâteau de conuoy, auecque nombre de personnes: où selon son humeur, moins par amour que par diuertissement il en conta à Aymée, qu'il treuua plus seuere qu'il ne se l'estoit persuadé. Ce conuoy branlant prés d'vne Isle, on les dechargea sur le Pré, où apres auoir attaint à la course; Floriante qui l'y auoit attiré par jeu, il la foüetta, & dans la gẽtillesse de cette folâtre oublia la seuerité d'Aymée. Celle là ne dura pas plus que celle-cy en son esprit: Il se figura des appas dans la tristesse de Cloris; dont les regrets qu'elle faisoit sur le mal heur de ſon Mary, qu'elle croyoit bien plus bleſſé qu'il n'eſtoit en effect, furent le fondement d'vne autre amour, que la compaſſion auoit fait naiſtre, & qui finit auſſi toſt que le ſujet de ſes plaintes. Ses plaintes en effect, ni la paſſion d'Hylas qui ſembloyent deuoir eſtre eternelles, n'allerent que iuſqu'à Lyon; où la gueriſon de ſon mary cõmencea ſa ioye, ſa ioye termina l'affectiõ d'Hylas. Il deuint depuis amoureux de la voix de Cyrcéne dans le Temple, où il s'eſtoit laiſſé enfermer la nuict auecque les filles, bien que la loy en deffendiſt l'entrée aux hommes ſous punition de mort; & qu'il euſt ſans doute encouruë, ſi Palinice à qui il ſe découurit par mégarde ne l'en euſt retiré par pitié, en le cachant deſſous ſon voile. Cette diſcrette charité ſembla obliger Hylas à vne autre, qui fut de luy donner ſon cœur, que Cyrcéne ne tenoit qu'à demy, & qu'elle eut tout entier, lors que l'abordant quelque temps aprés pour parler en faueur de Clorian frere de Palinice, Hylas à ſon viſage reconnut que c'eſtoit celle qu'il auoit oüy chanter dedans le Temple, & luy addreſſa pour ſoy meſme les prieres qu'il deuoit porter pour ſon Amy. Vne auanture depuis luy rauit Cyrcéne, pluſtoſt que ſon intention: Luy, pour témoigner ſon amour pour elle, en vn tournoy auoit fait peindre pour deuiſe vne

Syréne, afin de faire quelque rapport au nom de Cyrcéne, & Vlisse attaché dans son vaisseau. Cette Syréne fut prise pour Parthenope ieune fille de Lyon, sur la rencontre de son nom auecque celuy d'vne des Syrénes qui s'appelle ainsi; & Hylas qui n'y auoit pas songé, ne fut point mary de confirmer la creance qu'on en auoit prise, par les paroles d'amour qu'il luy tint à la premiere veuë. Il les perdit toutes deux par la ialousie de Cyrcéne, qui l'obligea de retourner à Palinice qu'il ne garda pas long-temps, pour se iettet dans l'amour de Florice qui dura quelque peu dauantage. Elle fit toutesfois vn si grand bruit parmi toutes les compagnies de Lyon, que pour l'esteindre & appaiser les plaintes de son pere Alcandre, Florice coniura Hylas de feindre d'en aymer vne autre. Dorinde fut choisie à cét effect, qui pour lors estoit recherchée d'vn Amant appellé Periande, à qui Hylas sous couleur d'amitié qu'ils vont iurer ensemble dessus le Tombeau des deux Amis, rauit cette Maistresse presque auant que d'auoir eu le loisir de l'aymer. Son dessein rëussit par lartifice d'vn miroir, qu'il auoit fait vendre à Dorinde, & qu'il fait croire à Periandre estre porté par elle en sa faueur, comme vn present qu'elle auoit desiré, auecque son portrait qu'il luy auoit enuoyé dedans ce miroir. Periandre le casse, voit le portrait d'Hylas, dit adieu à Dorinde, & par desespoir se retire dans vn bois, tant pour ne troubler point son Amy dedans la possession des faueurs de Dorinde, que pour fuïr les lieux & les objets de son mal-heur. Dorinde éclatte contre Hylas: Il l'appaise & la iette dans l'amour; dont Florice deuient ialouse par la connoissance que luy en donne vne lettre qu'elle dérobe à Hylas, comme ils s'entretiennent tous trois de dans vn cabinet. Elle communique à Dorinde cette lettre, auecque beaucoup d'autres qu'Hylas luy auoit données d'elle au commencement de sa feinte; & ne pouuant par ce moyen ni le perdre auprés de Dorinde, dont il rabbat la colere, ni le porter à reuenir par ialousie, elle est en fin mariée à Theombre, de qui elle auoit feint d'agreer la recherche, afin de reueiller l'amour d'Hylas par l'opposition de ce Riual. Son amour continue dans son mariage: Hylas qui n'apprehendoit que ce seul lyen, apres s'estre vangé reuient à elle qui l'appelle, & qui l'oblige comme il sont remis en bonne intelligence, de faire vn affront à Dorinde, tant pour assouuir sa haine contre elle, que pour asseurer son amour auprés de luy. C'est ce qu'il fait en la presence de son Amy Periandre, qui n'ayant pû souffrir l'absence de Dorinde estoit déja retourné à Lyon, &

auoit receu sa Maistresse de la mesme main qui la luy auoit dérobée. Pour se vanger de cét affront & rendre le mesme à Florice, Dorinde en fait tenir vne lettre à Theombre, qui l'allarme à vn poinct qu'il emmeine sa femme aux champs. Ainsi Hylas les ayant perdu toutes deux, & depuis Chryseide aussi, qui le laisse au commencement d'vne nouuelle amour, il quitte Lyon comme vn sejour odieux ; & sur le chemin pour aller dans le Forests, fait reconnoistre son inconstance à Laonice & Madonthe qu'il ayme l'vne apres l'autre. Berger, il est pris, & commence par Phyllis ; continuë sa façon d'aymer auec Alexis, qui estoit Celadon déguisé en fille, Druide, se picque d'amour pour le mesme dessous les habits d'Astrée ; & finit le cours de ses diuerses amours par les vœux qu'il addresse à Stelle la plus inconstante des Bergeres de Forests. Il la reçoit des mains de Corylas, qu'elle auoit autrefois aymé, par consequent trompé, le laissant pour les mesmesmes Lyzis & Semyre qu'elle auoit quittez pour luy. Ce pair d'Inconstans autorise ses amours sous des conditions les plus estrãges que la liberté puisse donner à leur humeur ; qui les ioint sans lyen par vn Oracle qu'Amour rend, & qu'Adamas explique dans l'esprit d'Hylas ; qui s'accorde à la volonté des Dieux ; pourueu qu'elle ne soit pas contraire à la sienne.

A MONSIEVR MARESCHAL.

Sur ſon Inconſtance d'Hylas,

Par ſon intime Amy.

QV'HYLAS a de raiſon, tout Inconſtant qu'il eſt !
Que ſa façon d'aymer eſt aymable, & me plaiſt !
Peut-on voir, MARESCHAL, vne plus douce vie ?
Tes vers & ſon humeur rauiſſent mes eſprits,
Et me donnent l'enuie
De pouuoir l'imiter comme tu la décrits.

LES ACTEVRS.

HYLAS.	Amant de toutes.
PERIANDRE.	Amant de Dorinde.
DORINDE.	
FLORICE.	Compagnes.
ALCANDRE.	Pere de Florice.
PAGE.	
CORYLAS.	Berger.
STELLE.	Bergere.
ADAMAS.	Druide.

TROVPPE DE BERGERS.

La Scene est à Lyon.

L'INCONSTANCE D'HYLAS.

COMEDIE-PASTORALE.

ACTE PREMIER.

SCENE PREMIERE.

PERIANDRE. DORINDE.

PERIANDRE.

Il parle à Dorinde qu'il meine par la main & masquée.

DOrinde, auoüez moy que par vn vain soucy
La laideur enseigna de se voiler ainsi;
Quelque lustre emprunté que recherche vn visage,
Le Soleil est plus beau quand il est sans nüage.

DORINDE.

Qu'entendez-vous de là?

PERIANDRE.

Qu'vn masque iniurieux
Offence vos appas, & fait tort à nos yeux;
Qu'il se mõtre indiscret en trahissãt nostre aise,
Il nous cache ce front, & pourtant il le baise:
Quel crime auroiẽt cõmis nos cœurs et la beauté,
Qu'on la tienne en prison, & nous sans liberté?
Et quoy? doit-on traiter en esclaue vne Reine?
Qu'on te rende captiue, ô Beauté souueraine.

DORINDE. leuant le masque.

Voyez que pour flatter vos discours & vos sens
Cette Reine obeït.....

PERIANDRE.

A mes vœux innocens:
Dans le respect qu'on porte à la plus retenuë
L'on peut en cet endroit voir vne Dame nuë;
C'est assez qu'vne loy nous retienne caché
Ce que sans vostre faute on eust vû sans peché;
Il est vray que l'erreur en est plus grande à l'homme
D'auoir ainsi quitté ce fruict pour vne pomme;

Voila noſtre d faite, & ſuiuant ce deſſein
Les Dames ont depuis deux pōmes dans le ſein;
Noſtre douceur a mis leur rigueur en vſage,
Auiourd'huy l'on nous cache encore le viſage,
Elles auront d'vn iour iuſques au lendemain
Les cheueux ſous la coeffe & les gands ſur la main:
[voile;
La Nature eſt plus belle & ſans art & ſans
Qui la déguiſe, oppoſe au Soleil vne Eſtoile,
Iette l'eau dans la mer, et peint vn corps viuant,
Ne couure vn beau Palais que de poudre &
DORINDE. *[de vent.*
Periādre, aujourd'huy m'auez-vous entrepriſe
PERIANDRE.
Non, i'accuſe vne erreur....
DORINDE.
Qe ie n'ay pas apriſe;
De quel art ſupposé pouuez-vous m'accuſer?
PERIANDRE.
D'auoir tant de beautez, & ſi mal en vſer,
Qu'on cache tant de trais par vne humeur fantaſque
Les vnes ſous le fard, et vous deſſous le maſque:

Pour voir en son éclat vn visage si beau
Vos yeux feroiẽt quitter à l'amour son bãdeau;
Et vous, pour le cacher à celuy qui vous ayme
Vous nous voilez l'Amour en vous voilant vous mesme.

DORINDE.

Si i'en ay le bandeau, ie n'en ay pas les trais.

PERIANDRE.

Et que sont tãt d'appas, & que sont tãt d'attrais
Qui dans mon cœur atteint font de si douces bréches?
Vos yeux et vos sourcis fõt son arc et ses fléches.

DORINDE.

Seroit-ce eux qui vous font le mal que vous [plaignez?

PERIANDRE.

Eux mesmes, & ce front...

DORINDE.

Ah! si vous le craignez,
Vrayment c'est la raison qu'vn masque vous le [cache.

PERIANDRE.

Sa voix me rend le cœur, et son œil me l'arrache.

DORINDE.

C'est doncques sans dessein.

PERIANDRE.

Comme ſont tous vos coups.

DORINDE.

Et tous ces faux ſoûpirs qui ſe plaignẽt de nous.

PERIANDRE.

Dieux! cõme ſon orgüeil en nous bleſſãt ſe ioüe!
Vn captif....

DORINDE.

Ne l'eſt pas, ſi tel on ne l'auouë.

PERIANDRE.

Et donnez cette marque à mon affection.

DORINDE.

Et donnez à vos vœux plus de diſcretion.

PERIANDRE.

Pour vous plaire eſt-ce aſſez de mourir ſans le [dire?
Vous ne m'entẽdrez plus parler de mõ martire,
Ma perte ſeulement vous doit montrer vn iour
Ma foy dans vos rigueurs, vos traits dans mon amour.

Il s'en va.

ACTE I.

SCENE II.

DORINDE. HYLAS.

DORINDE seule.

QV'on engage aisément vn Amant qui se donne!
Qu'vn peu de resistãce & le change & l'étonne!

Hylas arriue.

Que veut Hylas?

HYLAS.

Vous mesme.

DORINDE.

Et si fort échauffé?

HYLAS.

D'vn feu qu'on ne doit voir à iamais étouffé.

DORINDE.

C'est peut-estre celuy qui brûlera le monde.

HYLAS.

De vray, vos yeux mettroient en feu la glace & l'onde.

DORINDE.

Donques vous renuoyez cette force à mes yeux.

HYLAS.

Ouy, depuis qu'ils ont pû m'arrester en ces lieux :

I'ay quité mon pays, pour en chercher vn autre.

DORINDE.

Et treuuer.......

HYLAS.

Vn visage aussi beau que le vostre.

DORINDE.

Arles vous en pouuoit fournir vn million.

HYLAS.

L'vniuers doit ceder cet honneur à Lyon ;
C'est où i'ay rencontré cette beauté parfaite,
Où le nom de Dorinde honore ma défaite :
Sous ce nom ie respire, & tiens ensevelis
Les yeux de Stiliane, & le front de Carlis.

DORINDE.

Pour me flatter, Hylas, vous leur faites iniure.

HYLAS.

Qu'en cela leur defaut accuse la nature ;
Et de moy, ie pardonne à leurs esprits jaloux,

Puis que leur seul mal-heur m'a fait venir à [vous.

DORINDE.

Le mienme doit biẽ tost rẽdre de leurs cõpagnes.

HYLAS.

Quand on verra le Rône au dessus des mõtagnes.

DORINDE.

Sur vn si haut serment qui ne vous croiroit pas?
Mais vo⁹ venez de loin, ce n'est pas sans cõbats;
Quelque roche, Hylas, menaça de naufrage
Si non vostre batteau du moins vostre courage,
Dessus le Rône on voit les filles d'Achelois
Mieux que sur l'Ocean faire suiure leurs lois.

HYLAS.

Lors que mes yeux ont eu des rencõtres pareilles
Ie ne suis pas Vlysse à fermer les oreilles.

DORINDE continuant.

Et puis les prez qu'il baigne, attirent à ce point
Qu'on ne peut les passer & n'y descendre point;
Là se prend.....

HYLAS.

Acheuez. Que sa bouche est riante!

DORINDE.

Ie vous parle de fleurs.

HYLAS.

Ou bien de Floriante.
Ah, que vous auez d'art à me faire auoüer
Vn iuste changement dont on doit me loüer:
Floriante, il est vray, par son affetterie
Cueillit auec les fleurs mon cœur en la prairie;
Mais qu'elle fut subtile à me le dérober!
Cette fille courut, seulement pour tomber:
Que vy-ie? quel plaisir termina ma poursuite?
Assez d'autres voudroient l'imiter en sa fuitte:
Elle ne fut pas seule à gagner mes esprits,
Et ie la mis de rang entre Aymée, & Cloris;
Si leur diuerse humeur à ma flame resiste,
Ta folâtre adoucit la modeste & la triste:
Enfin ie quitte Aymée en sa seuerité,
Et Floriante aussi pour sa facilité.

DORINDE.

Et Cloris?

HYLAS.

Ie diray qu'elle auoit plus de charmes;
Mais i'estois amoureux seulemẽt de ses larmes:
Comme elle auoit gagné mon cœur par la pitié,
Elle deuint plus gaye, & moy sans amitié.

DORINDE.

Vostre iustice égale, à trois fut exemplaire:
Qu'elle humeur aprés tout est digne de vous plai-
Et que doy-ie esperer, si vous traitez ainsi [re?
La Ioyeuse, la Triste, & la Seuere aussi?

HYLAS.

Mon amitié n'est pas étrange ni commune,
I'ayme ces trois esprits, mais ie les veux en vne.

DORINDE.

Vrayment, si la nature eust preuû vos rigueurs,
Elle nous eust donné trois testes, & trois cœurs:
Vous, qui faites enfin si fort le difficile.

HYLAS.

Ie vous les donnerois, quand i'en aurois eu mille.

DORINDE.

Hylas peut aisément, continuant ce ieu,
Faire de grands presens, mais qui luy coûtent

HYLAS. [peu.

Trop peu, quand ils seroient enrichis de ma vie,
Que vostre cruauté m'aura bien tost rauie.

DORINDE.

Epargnez moy ce deüil, & ne me forcez pas
De croire en vostre mort funestes mes appas;

Elle me causeroit vn déplaisir extréme.

HYLAS.

Voila ces trois humeurs, & qui sont en vous [mesme;

Ah! Dorinde, à ce coup voyez que ie vous tiens.

DORINDE.

Des mains.

HYLAS.

Et de l'esprit.

DORINDE.

Ie crains peu ces lyens...

HYLAS.

Mocqueuse, vous riez auecque tant d'addresse
Que i'ayme cette humeur moins elle me caresse:
Vos yeux me font mourir, puis plaignēt en effet
Et la mort que i'endure, & le mal qu'ils ont fait,
Dans ces diuersitez ma flame perseuere
Qui vous treuue à la fois triste, gaye, & seuere:
Ce mélange subtil rend mes esprits contens;
Toute humeur me déplaist qui dure trop long temps;
Le Soleil à mes yeux auroit perdu sa grace
S'il nous montroit toûjours ce que la nuict efface,
Elle donne à la terre & l'ombre & la fraischeur;

Le noir a ses appas, ainsi que la blancheur:
I'ayme qu'vne maistresse entretienne mon ame
Tãtost dedans la glace, & tantost dans la flame,
Qu'elle me soit cruelle, affin de l'appaiser,
Et qu'elle me soit douce, afin de la baiser;
Sa cruauté me plaist, combienque i'en soûpire,
Et sa douceur accroist ma flame & son empire:
Viuãt ie hay la vie, & l'ayme quand ie meurs.

DORINDE.

Quel auãtage, Hylas, de sçauoir vos humeurs!
Ie les conserueray toûjours en la memoire.

HYLAS.

Ainsi vous m'arrestez, & gagnez vne gloire.

DORINDE.

Que Cyrcene a perduë, & que regrette en vain
Celle qui vous tendit & son voile, & sa main.

HYLAS.

Que vous m'allez de loin rechercher cet exem-[ple!

DORINDE.

Sa seule charité vous deliura du Temple.

HYLAS.

Rien que la mienne aussi ne luy donna mon cœur
Qui soûpiroit déja sous vn autre vainqueur:

Cyrcene l'eut dedans, Palynice à la porte;
L'vne d'vn tẽps le charme, & l'autre me l'ẽpor-
Mais il reuint depuis à son premier objet, [te:
Et Clorian trop simple en fournit le sujet;
En ce lieu la raison ne veut pas que ie mente.

DORINDE.

Vous trahites l'Amy, pour perdre aprés l'A-

HYLAS. [*mante.*

Cyrcene eut cette force.

DORINDE.

Hylas cette douceur,
Qu'il offença le frere, & delaissa la sœur.

HYLAS. [*vie,*

Vous sçauez mieux que moy tout l'estat de ma
Vostre memoire m'ayde & preuient mon enuie:
Dites....

DORINDE.

Que Parthenope....

HYLAS.

A la fin les vengea,
Quãd vne erreur de nom sous ses loix me ran-

DORINDE. [*gea.*

Qu'elle mesme depuis ne fut pas mieux traitée,

Et qu'à toutes Florice a la place emportée.

HYLAS.

Ou que tout son dessein fut de vous la garder,
Le mien, de vous seruir & de vous posseder.

DORINDE.

Et moy, ie n'en ay point, mesme de me deffendre
D'vn hommme qui contraint tous les cœurs à se rendre,
Ie suis par trop timide & foible contre vous,
Pour attendre en ce lieu ma perte ni vos coups;
Ie seruiray pourtant d'objet à vostre gloire,
Ma fuite vous sera la dixiéme victoire.

Dorinde s'en va.

ACTE I.

SCENE III.

HYLAS, FLORICE.

HYLAS demeuré seul sur le Theatre.

Bien que i'eusse au discours vn tout contraire vœu,
Sa franchise me plaist, elle me touche vn peu;

Il est vray que ie n'û pour elle aucune attainte,
Que tout cet entretien ne seruoit que de feinte;
Florice, qui me tient en de plus beaux lyens,
M'a presenté ceux-cy pour mieux cacher les siens:
Mais de dõner ce voile à nostre amour visible;
Dorinde est agreable, & moy ie suis sensible;
Le feu que nous cherchõs nous brûle quelque fois
Et i'ay toûjours apris d'en faire de tout bois.
Florice me surprẽd: cõmençons à nous plaindre.

FLORICE *suruenant.*

Le quel vous reuient mieux ou d'aymer, ou de feindre?
Dorinde à-t'elle pris l'amorce du discours?
Poura-t'elle couurir le jeu de nos amours?
Hylas peut-il m'aymer iusques à cette peine?

HYLAS.

Et vous, recompenser vne attente incertaine?
Ah! Florice, voyez où l'amour m'a reduit,
Qu'il me falle chercher le iour dedans la nuict,
Perdre tous mes plaisirs, pour en feindre auprés d'elle,
Pour preuue de ma foy que ie sois infidelle.

FLORICE.

Mon cœur, tous ces effects qui ſuiuent voſtre [ſoy
Sont rendus à Dorinde, & s'addreſſent à moy,
Hylas doit cet office à mon amour extréme,
Et ie l'aimeray plus, moins on croira qu'il m'ai-
Aprés cette cõtrainte et ces trais ennuyeux [me.
Vous pouuez délaſſer vôtre eſprit dãs mes yeux;
N'ont-ils plus ces appas deſtinez à vous plaire?
Prenez là voſtre peine, icy voſtre ſalaire.

HYLAS l'ayant baiſée.

O Dieux! ſi tel plaiſir couronne nos trauaux,
Gardez le bien pour vous, & nous laiſſez nos maux:
I'ay ſenty, belle bouche, vne pointe diuine,
Icy i'ayme la roſe, à cauſe de l'épine.

Allant au bout du Theatre.

Hors de mon cœur, Dorinde, & tant d'autres portrais,
Vous ne me tenez plus dedans vos faux attrais,
En toute liberté reuoyez vos Compagnes,
Retournez ſur les eaux, reprenez les cãpagnes;
Mon cœur fermant la porte à tous vos vains deſirs

Y reçoit seulement Florice, & mes plaisirs;
Sçauez-vous pas qu'enfin ie suis à la plus belle?
Vieux objets effacez, qu'estes-vous au prés d'el-
Apprenez, petis feux, à craindre le Soleil, [le?
Que mon cœur & son teint ignorent leur pareil;

FLORICE.

Que ie connoy d'amour dedans vôtre colere!
Et que vous me rendez riche de leur misere!
Quand vous les banissez ainsi de vos esprits
Vous chassez mes soupçons qui suiuent leur mépris: [ioye,
Mais pour tromper les yeux qui troublẽt nostre
Permettez qu'à Dorinde enfin ie vous renuoye.

HYLAS.

Dittes à mon suplice, à mes tourments offersi

Apres l'auoir baisée.

Peut-on si doucement aller dans les Enfers.

FLORICE.

Cependant ie viuray de douleur & de flame;
Puis que dans ce baiser il emporte mon ame.

ACTE I.

SCENE IIII.

ALCANDRE. FLORICE.

ALCANDRE Pere de Florice.

SEule icy? sans compagne? où reuez-vous si fort?
Vous attendez Hylas, ou peut-estre il en sort:
Voulez-vous que sans fin l'amour qui vous surmonte
Me cause de la peine autant qu'à vous de honte?
Osez-vous biẽ troubler l'âge que i'ay franchy?
Et voir rougir ce front que nature a blanchy?
Faut-il que vostre honte ait ma gloire bornée?
Que vous ostiez la vie à qui vous l'a donnée?
Quoy? ne sçauriez-vous suiure vn chemin si battu,
Que la raison prescrit, que montre la vertu?
Etouffez tous ces bruits, de qui la violence
Tient vostre hõneur encore & ma vie en balance;

Vous rendrez ce ruisseau dans sa course tary,
Pour chasser vn Amant choisissez vn Mary.

FLORICE.

Ce que vous desirez est tout ce que i'espere;
L'vn ie le receuray de la main de mon Pere;
Et pour l'autre, Monsieur, son cœur ingenieux
Ouure à toutes l'oreille, & m'a fermé les yeux;
Hylas ayme Dorinde, & m'entretient par feinte,
Son abord me déplaist qui cause vostre plainte;
Ce bruit m'a réueillée, & depuis quelques iours
I'ay connu que ie sers de planche à leurs amours;
I'ay rendu la lumiere à ma veuë égarée,
Et croyez que i'en suis tout à faict retirée.

ALCANDRE.

En ce cas vos deuoirs conjoints à la raison
Conserueront l'honneur acquis à ma Maison,
Si vous continuez au dessein de me plaire
I'oubliray vostre faute ainsi que ma colere,
Ma Fille, vous verrez mes feux se r'alumer,
Que ie ne me suis plaint que pour vous trop aymer.

ACTE I.

SCENE V.

PERIANDRE. HYLAS.

PERIANDRE seul.

COntinuez, Mauuaise, & soyez moy plus dure;
Ie ne me plaindray plus des tourments que i'endure;
Le Ciel enfin m'épargne & me blesse à demy,
Car s'il m'ôte vne Amante, il me dõne vn Amy:
Hylas, de qui l'esprit releue la naissance,
M'a donné dans son cœur vne entiere puissance,
Son agreable humeur adoucit mes ennuis,
Ensemble nous passons & les iours & les nuits,
Nostre amitié fait honte à la plus ancienne,
Il voit dedans mon ame, & ie ly dans la sienne,
Et pour rẽdre plus forts nos amoureux serments
Nous les allons iurer au Tombeau des Amants:
Dorinde, ne croy pas que cela diminuë.... .

HYLAS *l'appellant de loin.*

A gauche, Amy; prenons cette route inconnuë.

PERIANDRE.

Mon cœur vous attendoit, & sur ce doux penser
Deffendoit à mes pieds en marchant d'auancer.

HYLAS.

Et le mien, cher Amy, couroit aprés le vôtre.

PERIANDRE.

C'est assez qu'en ces lieux ils se ioigēnt l'vn l'au-[tre:

Icy se découure le Tombeau des deux Amants dans vne Grotte toute en dueil & remplie de lampes ardantes.

Lieux sacrez à la nuict, qui dōnent sans terreur
La lumiere à nos sens par vne saincte horreur,
Diroit on pas, Hylas, que cet espace enserre
La clarté dedās l'ombre, & le Ciel en la Terre?
Si la mort eut porté son dard iusques aux Cieux,
On eut icy choisy le sepulchre des Dieux;
Et ie l'estime tel encore sans blasphémes,
Il enclôt deux Amants qui sont des Dieux eux mesmes;
Le Ciel en rougiroit s'il n'auoit pas compris
Au nombre des heureux ces fidelles Esprits.

Il se met à genoux.

Venerable Tombeau, Tutelaires Genies,
Qui conseruez la foy de deux Ames vnies,
Qui n'eûtes & n'auez, par vn si doux accord,
Qu'vn esprit pour la vie, vn Tombeau pour la mort,

Il prend la main d'Hylas qui est à genoux aussi.

Donnez à deux Amis dont la foy vous reclame
Et son ame à mon cœur, & mon cœur à son ame;
Faites nous surmonter tous les efforts humains,
Ioignez nos deux esprits, cõme le sont nos mains,
Qu'à iamais ce lyen nous tienne inseparables.

HYLAS.

Vous fideles Amis, que i'estime adorables,
Oyez la voix d'Hylas qui confirme ces veux,
Rendez son amitié memorable aux Neueux.

Puis se releuant.

Allons, veux tu coucher dedans vn cymetiere?
Parler auec les Morts, & toucher vne biere,
C'est vn froid entretien, ie n'ayme pas ce lieu,
Voy, si tu dois me suiure, ou moy, te dire adieu.

PERIANDRE.

Vn mot sera la fin de ce sacré mistere:
Oyez, diuins Esprits....

HYLAS.

Il vaut autant nous taire,
Et quoy? ne sçais-tu pas qu'ils lisent dedans nous?

PERIANDRE continuant.

Eccoutez deux Amis prosternez à genoux,
Qui demandent au Ciel, de mesme qu'à la terre
Et le feu de là bas, & celuy du tonnerre,
Pour punir....

HYLAS.

Arrestez.....

PERIANDRE continuant.

L'infracteur de la foy.

HYLAS se releuant.

Vous donnez à nos veux vne seuere loy:
Le mistere accomply quittons cette menace,
N'appellons point l'orage, & goûtons la bonace;
Attaché par le cœur ie hay d'autres lyens,
Ie connoy vos desirs, & vous sçauez les miens;
A tous nos ennemis enuoyons cette foudre, [dre;
Qu'elle me touche, ou vous: ie ne m'y puis resou-
Quoy? sommes nous des Dieux pour sçauoir l'a-

PERIANDRE. *[uenir?*

Ce que i'ay pris d'Hylas il me le faut tenir.

HYLAS.

I'ayme ainsi que traité, de traiter en franchise;
La moitié de mon cœur, Amy, vous est acquise,
Y pouriez-vous enfin pretendre plus que moy?
Voulez-vous y grauer en Tyran vostre loy?
L'autre moitié doit estre entiere à ma maîtresse;
Souuent ie dõne moins lors que plus on me presse.
Mais pour vous faire voir mõ ame à découuert,
Qu'il n'est rien là dedans qui ne vous soit ouuert,
Ie vous la veux nommer cette Reine des Belles,
Cét objet tout diuin de mes flames nouuelles,
Dorinde....

PERIANDRE.

O Dieux!

HYLAS.

Et quoy? cher Amy, tu pâlis;
Que ferois-tu, voyant ses roses & ses lys?

PERIANDRE.

De quel effort se voit mon amitié suiuie?
Ce mot est le couteau qui tranchera ma vie.

HYLAS.

Ton sort comme le mien seroit trop glorieux,
Toy mourant pour son nom, & moy pour ses beaux yeux:

Mais si tu t'es rendu sensible à ma fortune,
Que ie sçache la tienne.

PERIANDRE.

Ah! demande importune!
Acheue, & tu sçauras par le tien mon soucy.

HYLAS.

Dorinde est ma Maîtresse.

PERIANDRE.

Et c'est la mienne außi.
Dieux! que vous auez mis d'épines sous la rose!
L'amitié veut mon cœur, & l'amour en dispose;
Ie leur ôte, & le rẽds: Ah! ie confons mes veux!
C'est n'auoir point de cœur que d'en auoir pour [deux.

HYLAS.

Erreur; apprends cecy: l'amitié nous dispense,
Et permet que l'amour cherche sa recompense:
Aymõs nous, et Dorinde; et cedãt au vainqueur,
Voyons à qui premier se donnera son cœur;
En Amy, quelle grace à suiuy tes seruices?

PERIANDRE.

De mourir en l'aymant, & d'aymer mes sup- [plices.

HYLAS.

Ie me puis preualoir d'vn tout semblable bien,

Mon tourment te doit peu, s'il ne passe le tien.
Or puis qu'elle nous est égalemen contraire,
Et qu'aucune raison ne nous en peut distraire,
Voyons à qui le sort destine ses faueurs;
L'amitié doit permettre à l'amour ces ferueurs.

PERIANDRE.

La iustice l'ordonne, & ce poinct me contente.

HYLAS.

La premiere faueur decide nostre attente;
Le vaincu cedera la place au plus heureux.

PERIANDRE s'en allant.

Allons donc auancer nos desseins amoureux.

HYLAS. seul.

Marche, dépéche, cours; ma victoire certaine
M'en garde le plaisir & t'en laisse la peine;
Preuiens moy vers Dorinde, & tente ses appas;
Ie sçay l'art d'auancer & faire peu de pas:
Entre dans son esprit; la ruse que ie trace
T'en chasse, mal-heureux, & me met en sa grace,
Le moyen m'est aisé, comme ie l'ay conceu.
Mais puis-ie sans regret voir vn Amy deceu?
Pourquoy? s'il me dispute vn bien que ie demande:

Le demandé-ie aussi ? la doute est assez grande.
Ouy, Dorinde; vn soupir qui vient m'entretenir
Me dit bas que ie t'ayme & qu'il faut t'obtenir;
L'amour de Periandre augmente mon enuie,
Ma flame, de ses feux tient la force & la vie,
Montrõs luy qu'en amour tout effort est permis,
Qu'Hylas, pour estre Amant, ne connoist point d'Amy.

ACTE DEVXIESME.

SCENE PREMIERE.

PERIANDRE, HYLAS.

PERIANDRE.

LA suite des amours que vous m'auez contée
Tient ma creance en doute & presque surmontée;
Ie vous accuse, Amy, d'estre si peu constant,
Et ie me plains aussi que vous le soyez tant;
Dorinde, à mon mal-heur, a de trop fortes armes
Pour vo⁹ laisser iamais aller à d'autres charmes,
Et l'on dira qu'Hylas ne pouuant plus courir
Fut constant seulement pour me faire mourir:
I'apreuue vôtre choix, quelque mal que i'en tire
Et vous blâme par tout hors mis en mon martire,
I'accuse & loüe ensemble vn aueugle destin

Qui donne à vos erreurs vne si belle fin,
Qui purge ainsi vos feux, & m'en fait la victi- [me.

HYLAS.

Appellez-vous erreur vn dessein legitime,
Qui fournit cette course à mon affection
Pour chercher la beauté dans sa perfection?
I'ayme le beau par tout, & faut-il qu'on m'en blâme?
Mille ont rauy mes yeux, vne seule mon Ame,
Plusieurs ont sur mõ cœur épreuué leur Eymant,
Mais ie faisois chemin & passois seulement;
Iamais vaisseau n'a pris tãt de vent que le nôtre,
Ie pensois aymer l'vne, & i'en suiuois vne autre:
Mais le destin d'acord auec mon iugement
Me porte où ie venois par tant de changement,
Dorinde enfin m'arreste, & fait que ie respire
Sous les diuines loix de son aymable empire:
Confessez que i'ay fait vn legitime effort,
Et n'estois inconstant que pour aller au port.

PERIANDRE.

I'estime le succez, i'en blâme le voyage,
Et i'admire ce cœur que tout obiet engage;
Auoüez, aprés tout, qu'vn dessein bien conduit

S'il donne plus de peine, apporte plus de fruict.

HYLAS. [porte,

Les fruicts sont si tardifs, que la constance ap-
Qu'en sa vie vn Amant ne les a qu'il n'en sorte;
Voyez ces lãguissans, qui dans mille transports
Ne viuent déja plus auant que d'estre morts,
Ils attendent vn bien, qui rarement arriue,
Vn temps le leur promet, vn autre les en priue;
Et la Meurtriere croit obliger vn Amant
De dire sur sa fosse (Il est mort en m'aymant:)
C'est trop que leur faueur hors de tẽps no⁹ répõde
Elles fõt des heureux, mais c'est pour l'autre mõ-
Vieillir prés d'vn objet qui vous tiẽt au collet [de:
Attendre qu'vn visage enfin deuienne laid,
Donner tous vos plaisirs pour vne repentance;
Voila dãs vostre erreur ce qu'on nõme cõstance.

PERIANDRE. [bleau,

Prẽdre pour vn vray corps, son ombre, ou son ta-
Courir aprés le vent, & peindre dessus l'eau,
Bâtir dedans la nuë, & fonder sur le sable,
Pour la felicité prendre vn bien perissable,
Méconoistre soy mesme, en tout se transformer;
Voila tout ce que fait l'Inconstant pour aymer.

HYLAS.

Il n'a qu'vn seul objet, que la raison appreuue,
Il cherche son plaisir, & par tout il le treuue.

PERIANDRE.

Iamais il n'est parfait que dedans la vertu.

HYLAS.

Le plaisir me déplaist s'il est trop debatu.

PERIANDRE.

La resistance fait la victoire plus belle.

HYLAS.

Pour la suiure ie veux qu'elle s'offre ou m'appel- [*le.*

PERIANDRE.

La gloire est au combat, le plaisir dans les soins.

HYLAS.

Souuent le bien se donne à qui trauaille moins.

PERIANDRE.

Le trauail est si doux qu'il sert de récompense.

HYLAS parlant bas. [*se;*

Il touche son mal-heur, et dit mieux qu'il ne pen-
Courage donc, Hylas, il est temps d'éuenter
La mine qui le pert, & te peut contenter;
Sortez respects, deuoirs, amitié, deference,
Vous tâchez d'affoiblir en vain mon asseurance.

Releuant sa voix,

En effet, cher Amy, ie crains que les trauaux,
Vous demeurẽt enfin pour le fruit de vos maux,
Qu'aprés beaucoup de ſoins que vôtre amour vous donne
Vous cultiuiez vn champ, & que ie le moiſſon-
Dorinde répond-elle à vôtre intention? [ne:
Qu'elle marque auez-vous de ſon affection?
Qu'eſt-elle a vos deſirs? ingratte, ou fauorable?

PERIANDRE.

Plus cruelle toûjours, & moy plus miſerable.

HYLAS.

Ah! ie ne ſçaurois plus vous tenir en ſuſpens:
Mais ne puis-ie eſtre heureux, Amy, qu'à vos dépens? [bleſſe.
Dieux! pour dire trois mots ie ſents trop de foi-
Ie poſſede Dorinde.

PERIANDRE.

Et la Parque me laiſſe?
Et ie ne mourray pas? & i'ay ſi peu de cœur?
Et mon ame s'entend auecque ma langueur?
Sorts enfin de mon ſein, eſprit lâche & rebelle:
Atteñds, vy pour la voir & mourir auprés d'elle,
C'eſt le lieu ſeulement où tu dois expirer.

HY-

HYLAS.

Et vous croyez, Amy, que ie puis l'endurer?
O la rare constance! & ie la pourois suiure?
Il en a pour aymer, & n'en a point pour viure:
Vous m'euiez vn bien, ô Dieux! qu'elle amitié!
Où, s'il se diuisoit, vous auriez la moitié;
Et bien, prenez le tout, si cela vous afflige.

PERIANDRE.

Estimé-ie vne perte où tel Amy m'oblige?
Vous meritez Dorinde, en pouuant la ceder;
Rien que vostre amitié ne la doit posseder,
Ie quitte à vos vertus cette faueur insigne.

HYLAS.

Qui suit le plus heureux, & laisse le plus digne:
N'auez-vous point pris garde, (oyez, Dieux, si ie ments,)
A ce riche miroir couuert de diamans,
Qu'en ma faueur Dorinde a toûjours auec elle;
Où souuent elle voit sa grace naturelle;
Mais plûtost mon portrait, qu'elle cache au de- [dans
Qui sous la glace tient ses feux les plus ardens?
C'est où sa passion à la mienne s'assemble,
Où i'attache son cœur & ses yeux tout ensem-ble:

Ce present qu'elle a pris m'asseure de sa foy,
Elle ne le cherit que pour l'amour de moy:
Allez prēdre auprés d'elle & mon heure & ma
place,
Faignez de vous ioüer, & rompez cette glace:
Vous verrez son amour, vôtre perte, et mō bien;
Mais gardez le respect, & ne parlez de rien.

PERIANDRE.

Quelque forte douleur qui sur l'heure me touche,
Mon cœur à ce sujet me fermera la bouche;
Permettez que mes yeux sans remise aillēt voir
L'objet de vôtre gloire, & de mon desespoir,
Que i'offre à ma raison la verité connuë.

HYLAS.

Si ne la verras-tu qu'à trauers vne nuë;
Mon iugement a ceu si bien la déguiser,
Qu'vn plus rusé que toy s'y pouroit abuser:
Ce Miroir à Dorinde est vendu par addresse,
I'ay tiré de l'argent pour prendre vne maîtresse,
Et ma subtilité qui les trompe tous deux
Vend à l'vne la glace, oste à l'autre ses feux;
Ie gaigne vne victoire auiourd'huy sans seconde
Mesme par vn appuy le plus foible du monde.

ACTE II.

SCENE II.

DORINDE. PERIANDRE.

DORINDE seule.

QVelque sage conseil qu'on oppose à l'Amour,
C'est vn rayon qui passe en nous mõtrant le iour;
Que la raison est lâche en cette resistance!
Contre cét ennemy qu'elle a peu de constance!
Dans vn si doux combat qu'vn cœur a de vertu
Qui soûtient ses assaux & n'est point abbatu!
Mille attaquẽt le mien, & quoy que ie le veille
L'vn entre par les yeux, & l'autre par l'oreille:
Mais sur tous Periandre a des traits si puissans
Qu'il s'est acquis de droit l'empire de mes sens;
Hylas est quelque fois entré dans la balance;
Mais il ne se peut taire, & i'ayme le silence;
L'autre a plus de conduite & de discretion.
Le voicy, tout réueur & dans sa passion.

A quoy songez-vous tant?

PERIANDRE.

A vous seule, à ma perte.

DORINDE.

L'vne doit estre loin, l'autre vous est offerte;
Penseriez-vous treuuer vostre perte où ie suis?
I'estime trop vos feux pour causer vos ennuis.

PERIANDRE.

Pour m'offencer au vray l'on m'oblige par feinte:
Voyez dans ce miroir le sujet de ma plainte.
O Dieux! ie parle trop; l'ingratte qui m'entend
Pour me punir y iette vn œil assez content;
Elle soûrit; Hylas luy répond; & ie tremble;
Ils parlēt de mon mal, et s'en mocquent ensemble:
Et ie souffre à mes yeux leur entretien secret?
Ie suis si malheureux, & puis estre discret?
Qu'y voyez-vous, Dorinde?

DORINDE.

Vn Dieu sur mon visage,
Qui blâmant vos douleurs vous en deffend l'vsage.

PERIANDRE.

C'est luy qui les nourit sans dire quel il est;
On ne voit là d'objet....

DORINDE,

Luy passant le Miroir deuant les yeux pour se voir.

Que celuy qui me plaist.

PERIANDRE.

Doncque sçachant cõbien l'autre m'est preferable,
N'obligez pas mes yeux d'y voir vn miserable.

DORINDE.

Vous y verrez celuy qui me touche les sens.

PERIANDRE prenant le Miroir.

Ah! les miens malgré moy vous sont obeissans:

Parlant bas au bout du Theatre.

Mon cœur viẽt dãs mes yeux, il perce cette glace;
Hylas est là dessous, il faut que ie l'en chasse:
Que me sert vn effort dont la raison se rit?
Le chasser du Miroir, s'il est dans son esprit?

DORINDE.

Qu'il se flatte aisément d'vne faueur legere!
Mais laissõs l'en joüir puis qu'il la tient si chere.

PERIANDRE.

Cassons le toutefois; Non c'est trop de rigueur;
Cõtre vn si foible écueil que i'ay peu de vigueur:
Mon respect, qui soûtient vne cruelle guerre,
Treuue mille ennemis à combatre en vn verre;

Ie cherche & n'ose voir mon ſuplice fatal,
Ie fay naufrage en terre & contre du criſtal:
Dorinde eut ce preſent d'vn amy ſi fidelle ;
Faut-il par ſon débris que ie me vange d'elle?
Hylas me le permet, c'eſt ſon commandement.
Helas! mon cœur le veut, & puis il ſe dément;
Pour le faire ſans bruit ne ſçaurois-tu, mon ame,
Fondre ce peu de glace auecque tant de flame?
Ayant veu ce portrait, s'il ne faut que de l'eau,
Mes pleurs le couuriront d'vn glaçon tout nou-
ueau. [che;
Foibles yeux, foible cœur, en vain ie vous appro-
Il reſiſte à vos feux, ce criſtal eſt de roche:
Ce rampart tranſparent, que ie n'oſe forcer,
Si ie ne le puis fondre, il le faut renuerſer;
Que ma timidité me ſerue icy d'adreſſe,
Ma victoire conſiſte à montrer ma foibleſſe.

DORINDE.

Que de tranſports! il tremble.

PERIANDRE ayant caſſé le miroir

O deſtins inhumains!
Qu'ay-ie fait? ce miroir m'eſt échappé des mains:
Pardon.

DORINDE.

Le voudriez-vous? & de si peu de chose?

PERIANDRE [bas.]

Ces épines en fin nous monstreront la rose;
Reliques d'vn tresor......

DORINDE.

Ne les ramassez pas.

PERIANDRE [bas.]

O Dieux! qu'elle est subtille!

DORINDE.

En faire tant de cas?
C'est où mon amitié d'vn vain respect s'offence.

PERIANDRE. [bas.]

Que son dessein paroist dedans cette deffense!
Inutille pourtant. Mais quel poison? ô Dieux!
Auant qu'il m'ẽtre au cœur ie le porte à vos yeux.
Reprẽ courage. Adieu: ie diray sãs me plaindre,
Si ie sceus bien aymer, que vous sçauez mieux faindre.

DORINDE.

Quel monstre, quel obiet le fait ainsi fuir?

puis regardant le portrait d'Hylas en sa main.

Que voy-ie donc? helas! & que viens ie d'oüir?
Voicy le Basilic qui luy blesse la veuë,

Ie tiens entre mes mains le ſerpent qui le tuë;
Tygre, rends moy ce cœur qu'on me vient d'emporter:
On diroit qu'il en rit & qu'il veut m'accoſter,
Il parle, il ſe deffend, ah! le traître, il s'excuſe:
Arrachons luy les yeux. Mais helas! ie m'abuſe,
Ie tourne mon couroux contre vne ombre, & du vent,
I'attaque la peinture & laiſſe le viuant:
Donne tréue à tes cris, ſuſpens vn peu ta rage,
Sçachons ſi c'eſt Hylas qui cauſe cet orage;
Celle qui pour le vendre apporta ce miroir
Par ſa creance peut regler mon deſeſpoir;
Doncque ſur vn chemin ſi noir & difficile,
Auant que d'y paſſer, conſultons ma Sybille.

ACTE II.

SCENE III.

HYLAS, PAGE, DORINDE.

HYLAS seul.

Retirez-vous, pensers; osez-vous reuenir
Encore malgre moy dedans mon souuenir?
Ne me reprochez plus que ie suis vn perfide,
Portez ces vains soupçons à quelque esprit timide;
Perdre son interest pour celuy d'vn Amy
C'est estre dans le monde vn peu trop endormy,
Tous les serments passez ne nous sçauroient contraindre
De füir vn bon-heur où nous pouuõs attaindre,
Ces reproches ont lieu contre qui les craindroit:
Periandre est plus simple, & ie suis plus adroit;
Si i'ay choisi le mieux, s'il a treuué le pire,
Doit-on?...Voicy son Page; oyons ce qu'il veut dire.

PAGE.

Prest de quitter la vie, außi bien que ce lieu,
Vn Amy vous écrit & vous fait cét adieu.

HYLAS.

Cét Amant transporté fera quelque saillie;
Mon humeur m'affranchit de semblable folie,
Que n'a-t'il auiourd'huy mõ cœur & mon esprit!
Mais laissons le moins sage, & lisons cét écrit.

Lettre de Periande à Hylas.

VOvs seriez le plus heureux homme du monde auiourd'huy, Hylas, si ie n'y estois point; pource que l'amitié vous fera partager ma peine, & que la ioye qui vous doit reuenir de vostre victoire, sera troublée par la perte de celuy sur qui vous l'auez emportée. Ie ne puis hayr mon malheur, puis qu'il cause vostre felicité; mais bien les lieux qui en sont les témoins, & ces yeux ingrats qui en furent les complices. De mesme que ie ne veux point toucher à vostre gloire, ie vous coniure de me laisser tout seul porter ma disgrace, & de connoistre combien ie desire que tous vos contentements soient purs, puis qu'en perdant les miens ie ne vous ay pas voulu donner le regret de me voir triste. Croiriez-vous que i'ay peine encore de vous enuoyer l'adieu dans ce papier, de peur que cela vous afflige. Si vous me continuez vostre affection, ie n'ay pas tout perdu, & il y a encore quelque chose au monde qui peut consoler le miserable PERIANDRE.

HYLAS.

Il s'en est donc allé?

PAGE.

Seul, & depuis vne heure.

HYLAS.

Non, ne crains point, Amy, pour cela que i'en meure,
Ie n'aurois fait iamais ce que tu me deffends:
Ce beau coup a rendu tous mes veux triõphans,
Dans la felicité dont ma gloire est suiuie
Vn Dieu me feroit plus de pitié que d'enuie.

Il fuit donc? Et voicy Dorinde qui me suit.
Page, retirez-vous; mon ombre icy me nuit:

Le Page s'en va.

Ses regards en fureur me vont reduire en poudre;
I'en ay souffert l'éclat, soûtenons en la foudre.

DORINDE.

L'asseurance du traître! il rit aprés ce trait:
Cõnoîtrez-vous, Hylas, de qui fut ce portrait?

HYLAS.

Du plus fidel Amant & plus parfait qui viue,
Qui tient dessous vos loix sa liberté captiue.

DORINDE.

Abuser de ces noms, déloyal, imposteur?

HYLAS.

Condamnez l'action, mais loüez en l'auteur.

DORINDE déchirant le portrait

Plûtost, pour me vanger d'vne si grande iniure,
Ie le mettrois en piece, ainsi que sa peinture.

HYLAS.

C'est vn leger effect qui suit vostre rigueur,
D'offencer mon portrait m'ayant brûlé le cœur:
Connoissez mon trauail, & qu'vn si bon office
Vous oste vn importun, vous offrãt mon seruice;

Que perdez-vous en luy, que vous n'ayez en
moy?
Ce coup vous monstre assez mon amour & ma
foy;
Doutez-vous d'elle encore? ah! regardez ma
peine,
Et par cette action vous en serez certaine.

DORINDE.

Traître, parjure, ingrat, taisez vous seulement.

HYLAS.

Aprés tout, ajoûtez aussi parfait Amant. [se
La raison est bien foible où sans replique on pas-
Des paroles aux cris, des cris à la menasse.

DORINDE.

C'est peu de m'offencer, & l'vn de vos amis?

HYLAS.

Pour chasser vn Riual que n'est-il pas permis?
Pour vous i'aurois perdu ma patrie, & moy
mesme;
Iugez de là combien mon amour est extréme:
L'artifice aux Amants n'est pas vn jeu noueau,
Pour ne voir point leur fourbe Amour porte vn
bandeau.

DORINDE.

Mais trahir vn Amy?

HYLAS.

Pour vous estre fidelle.

DORINDE.

Perdre.. ...

HYLAS

Tout, pour gagner vne gloire si belle.
L'excuse de ma faute est dedans son sujet,
Peut-on faillir, ô Dieux! pour vn si bel objet:
Dorinde connoistroit, lisant dans mon courage,
Qu'on ne peut faire moins, ny l'aymer dauantage:
Et bien, i'auray failly par excez en l'aymant;
Ce Criminel au moins demande son tourment:
Quel supplice plus grand qu'vne amoureuse peine,
Où l'on souffre les feux, & les fers, & la geine:
Ordonnez-le à ce cœur, de qui l'ambition
Est d'honorer son crime en sa punition.

DORINDE.

Icy le châtiment tourneroit en salaire:
Ie ne puis pardonner ni tenir ma colere;

Qu'estes-vous deuenus transport, hayne, dedain?
Ils ne m'écoutent plus, ie les appelle en vain,
Mes propres sentimens à ce coup me trahissent.

HYLAS.

Qu'ils pardonnent ma faute, ou bien qu'ils la punissent.

DORINDE.

L'vn ou l'autre à l'égal vous est auantageux.
Donnez meilleure fin à de si mauuais jeux:
Le temps & la raison dessous qui tout se range.....

HYLAS.

Tourneront mes effets en sujet de loüange.

DORINDE.

Montreront quel dessein vous auriez pû former.

HYLAS.

Que ie ne vous trompay que pour vous mieux aymer.

ACTE II.

SCENE IIII.

PERIANDRE *dans vn bois.*

STANCES.

TRiste retraite du silence,
Où le seul desespoir a la fin m'a conduit,
Dont la profonde paix ne connoist d'autre bruit
Que celuy des cris que i'élance:
Grands chénes qui cachez à mes yeux le Soleil,
Et découurez là haut ce qu'on fait dans les nuës,
Luy rendant mes peines connuës
Demandez luy s'il vit iamais rien de pareil.

Dans ce bois ſolitaire & ſombre
I'aurois déja dreſſé mon tombeau de mes mains,
N'eſtoit qu'ẽ cette nuit tous les objets ſont vains,
Et qu'il n'en faut point pour vn Ombre:
I'érre comme vn fantôme & ſans yeux & ſans choix,
Mes ſoûpirs font ſçauoir ma vie en cet ombrage;
Et les Oyſeaux ſous ce feüillage
Ne ſe connoiſſent plus, cõme moy, qu'à la voix.

Sur les bors de cette fontaine,
Où ie cõtrains Amour d'étaindre ſon flambeau,
Ie luy fay raconter aux Nymphes de cette eau
Le cruel ſujet de ma peine:
Deuant elles ce Dieu ſe plaint à l'amitié
Des maux que le reſpect me liure en cette abſence;
Toutes plaignent mon innocence,
Et leurs pleurs font groſſir ce ruiſſeau de moitié.

Echo mesme s'en treuue attainte;
O Dieux! qu'elle voudroit pouuoir me consoler!
Elle me suit par tout, & ie ne puis parler
Qu'elle ne réponde à ma plainte:
Quelque pitié pourtãt que ie treuue en ces lieux,
Mon esprit me fait voir Dorinde à mon dõmage
Aussi cruelle en son image,
Que ie fus mal-heureux quand ie quittay ses yeux.

Depuis ce mal-heur sans exemple
Ie pense à tous moments luy parler, & la voir;
De ce lieu solitaire, & si triste, & si noir
Mon desespoir luy fait vn Temple;
Ma douleur, mes soûpirs, mes larmes, & mon sort
Demandent vainement à la Parque des armes
Pour me deliurer de ses charmes,
Ie ne la puis fuïr, ni rencontrer la mort.

ACTE II.

SCENE V.

FLORICE, DORINDE.

FLORICE. dans vn cabinet auec Dorinde.

NE me déguisez rien; que vous estes secrette!
Souuenez vous enfin que Florice est discrette.

DORINDE.

Vous me persecutez vn peu trop auiourd'huy;
Hylas vit sans Dorinde, & Dorinde sans luy.

FLORICE.

Ah! ma sœur, il n'est pas dans cette indifférence;
Que vous affectez mal vne feinte ignorance!
Chacun connoist sa flame, elle a mille témoins,
Et l'on en croira plus, quād vous en direz moins:
Hylas a de l'esprit, & merite.....

DORINDE.

Florice.

I'ay bien son entretien, mais elle a son seruice;
Ie ne voudrois pas faire vn larcin soupçonné
De ce qu'vn bruit commun déja vous a donné.

FLORICE.

Les discours qu'il vous tient, sa visite ordinaire
Dementent bien pour moy ce faux bruit du vulgaire;
Vn rayon de vos yeux suffit pour l'arrester.

DORINDE.

Ma Sœur, épargnez moy, vous m'en voulez prêter;
Vn seul de vos cheueux, qui peut lier vne ame,
Est plus puissant sur luy que mes yeux ny leur flame.

FLORICE.

Il a montré combien sont foibles ces lyens
Quand pour courir à vous il est sorty des miens.

DORINDE.

La voix n'est que du vent; il parle, & ce langage
Ne sçauroit estre pris pour vn nœud qui l'engage.

FLORICE.

Les pieds suiuent le cœur où l'on va chaque iour,
On ne s'entretient pas si souuent sans amour.

DORINDE.

Il parle sans dessein, & vient par habitude.

FLORICE.

Sans dessein? qui vous suit & n'a plus d'autre estude.

ACTE II.

SCENE VI.

HYLAS. FLORICE. DORINDE.

HYLAS suruenant.

QVe cette heure mal prise est contraire à mes vœux!
Puis-ie mesme à leurs yeux les tromper toutes deux?

FLORICE l'ayant apperceu.

Voudriez-vous de plus prés en auoir vne preuue?

HYLAS.

Reculer? vn Hylas? quand l'ennemy se treuue?
Mais quoy?

FLORICE. *sortant du cabinet.*

Voicy Dorinde ; en vain vous reculez,
On connoist bien, Hylas, à qui vous en voulez.

HYLAS *parlant bas à Florice.*

Dißimulons, Florice; Ah! qu'il faut nous contraindre!
Vous d'entendre mentir, & moy bien plus de feindre.

FLORICE. *Elle parle bas.*

Entrez. Elle rougit pourtant à son aspect.

HYLAS.

Leur entretien commence à m'estre fort suspect.

DORINDE.

Laissez-vous à la porte, & seule, ma Cõpagne?

HYLAS.

I'y perdois les moments qu'auprés de vous ie gagne.

FLORICE.

Ma vie est acheuée, & mon mal-heur parfait,
Si cette feinte enfin passe iusqu'à l'effet.

DORINDE.

Me quittez-vous? Florice.

HYLAS.

O contrainte fâcheuse!
De souffrir l'entretien d'vne telle Réueuse!

Ah! Dorinde, mon mal ne demande que vous.

DORINDE.

Hylas se plaint toûjours......

HYLAS.

Mauuaise, de vos coups:
Il faudroit emprunter, affin que ie guerisse,
Où la main......

FLORICE.

De Dorinde.

HYLAS.

Ou celle.....

DORINDE.

De Florice.

HYLAS.

Mon salut est remis en de cruelles mains,
Pour en sortir heureux mes efforts seroiēt vains;
Dorinde, il me faudroit celles des destinées
Pour combatre & domter vos rigueurs obstinées.

DORINDE.

Le destin ne peut rien dessus ma volonté;
En ce combat douteux ie l'aurois surmonté,

Où mon esprit se plaist à garder ma franchise.

HYLAS.

Autant qu'à mésprìser ma liberté soûmise.

DORINDE.

Ie n'ay, quelque present qu'on me pûst destiner,
Point de cœur pour en prendre, & moins pour en donner;
Ainsi vostre franchise est toûiours à vous mesme.

FLORICE.

Ayant pris la lettre de la poche d'Hylas, & parlant bas.

Sa trahison paroist: Ah! ma Sœur.

DORINDE,

Qu'elle est blesme!
Voyez, Hylas.

FLORICE.

I'en tiens vn témoignage clair:

puis releuant sa voix.

Demeurez, ma Compagne, il me faut prendre l'air;
Permettez qu'vn moment seule icy ie vous laisse.

DORINDE.

Iusques à ce retour vostre peine me blesse.

FLORICE.

hors du cabinet.

Voicy de mes ſoupçons vn effect apparent,
Vn traiſtre me la cache, & le ſort me la rend;
Cette lettre me donne aſſez d'intelligence
Pour y treuuer leur feu, mon mal, & ſa vangeance.
Hylas, voila ta feinte, ainſi tu la pourſuis?
Dorinde fut trompée, auiourd'huy ie la ſuis;
L'Inconſtant m'en montroit tous les iours quelque lettre;
Il ne m'en donne plus, quoy qu'il m'ait pû propromettre.
Que ferons nous, mon Ame, en ces extremitez?

HYLAS.

Le ſexe a quelque fois de ces infirmitez;
Qu'vn peu de temps leur donne, & que le moindre emporte;
Florice peut auoir vn mal de cette ſorte.

FLORICE. bas.

Vangeons nous, & ſortons afin d'y penſer mieux.

Elle sort.

HYLAS.

Ou la honte de voir qu'elle cede à vos yeux ;
Comme auprés du Soleil tous autres feux palissent,
Elle perd deuãt vous les traits qui l'embelissent.

DORINDE.

Ie hay toute loüange où son mépris est ioint;
Ah! vous luy faites tort, & ne m'obligez point,
Ie ne puis vous souffrir sans offence mortelle
La blâmer deuant moy, ny m'aymer deuãt elle;
Quittez vos paßions, ou reglez vos discours.
Florice!.... Elle est sortie: allons à son secours.

HYLAS.

N'est-ce pas pour Hylas vn accident funeste
De ces deux entretiens que pas vn ne luy reste?

ACTE TROISIESME.

SCENE PREMIERE.

FLORICE, DORINDE.

dans vn cabinet.

FLORICE.

Qve vostre esprit n'en soit ni fâché ni ialoux,
Apprenez que ie suis plus sçauãte [que vous.

DORINDE.

Montrez vostre science, & de quoy l'on m'accuse.

FLORICE.

Que vous aymez Hylas *, & que luy vous abuse.*

DORINDE.

Vous me feriez rougir.

FLORICE.

Il eſt certain pourtant;
Ces témoins aſſeurez vous en diront autant;
elle luy doñne les lettres qu'elle auoit euës d'Hylas, & celle qu'elle luy auoit priſe.
Ie ne les produy point contre vous par reproche,
Mais pour vous faire voir voſtre rüine proche.

DORINDE.

Mes yeux, vous les voyez, & le Ciel a permis
Que les traits de ma main fuſſent mes ennemis;
Laiſſe languir ton foudre, & viure les perfides,
Ou qu'il vienne brûler ces lettres homicides.
Qu'Hylas vous ait dõné ces fleurs de nos amours?

FLORICE.

Et qu'il m'ait raconté iuſques à vos diſcours.

DORINDE.

O terre, ouure ton ſein, preſte moy quelque aby-[me,
Pour y cacher ma teſte, & ma honte, & mon [crime.

FLORICE.

Le crime eſt à luy ſeul, à vous vn peu d'erreur
Qui ne merite pas vne telle fureur;
Croyez qu'en cas pareil ſon incõſtance extréme
Ne traiteroit pas mieux vne autre ni moy meſ-[me,
Et loüez le deſtin, qui pour vôtre bon-heur

A remis en mes mains son crime, & vostre honneur;

Ce coup plûtost merite vn mépris que des larmes,

Et pour vous en vanger ie vous laisse ces armes.

DORINDE.

Ie ne les retiendray, qu'a cette intention.

FLORICE.

Répondez de courage à ma discretion.

puis en s'en allant.

C'est assez, tout va biẽ, ma victoire est certaine,

I'ay couuert mon amour du voile de la haine,

Il se repentira, ie le voy reuenir,

L'ingrat, que mes appas n'auoient pû retenir;

Il me semble qu'Amour à mon desir les range,

Que l'vn deja me cherche, & que l'autre me vange.

DORINDE seule ayant ces Lettres.

Toutes contre mes sens exercent leur rigueur:

Mais, ô Dieux! celle-cy me donne dans le cœur,

Elle fut la plus douce, elle est la plus mortelle;

Tu ne sçaurois mon, front, rougir assez pour elle;

La derniere faueur que tu receus de moy

Tu l'exposes ainsi, pefide? Ah! ie le voy.

Hylas entre.

ACTE III.

SCENE II.

DORINDE. HYLAS.

DORINDE.

HOrreur de tous les yeux, & des ames la peste,
De ta déloyauté viens voir ce qui me reste,
Voy comme tu changeas ma douceur en poison,
Que ma facilité reproche à ma raison;
Et tu ne rougis point? & ie puis viure encore?

HYLAS.

Et vous pouuez traiter ainsi qui vous adore?

DORINDE.

M'adorer? & le dire encore d'vn accent.....

HYLAS.

Que la seule pitié suggere à l'innocent.

DORINDE.

Tromper, assassiner, ô Dieux! qu'elle licence!
Sous des noms de pitié, d'amour, & d'innocence?

Le méchant a trahy depuis peu son Riual,
Auiourd'huy sa Maistresse ; & ne fait point de mal.

HYLAS.

Plustost à mon esprit Dorinde est obligée
Par la mesme raison qui la rend affligée.

DORINDE.

Il parle? ie l'entends? ô Dieux! vous le souffrez?

HYLAS.

Que vous m'ótez de gloire, & que vous m'en offrez!
Vos soupçons.....

DORINDE.

Dy plustost la verité palpable.

HYLAS.

Ni mesme la raison ne me fait point coupable:
Il faut qu'Hylas enfin vous parle à cœur ouuert
Et que rien desormais ne vous soit plus couuert.
Il est vray, ie l'aimay, cette ingratte Florice,
Qui me rend prés de vous vn si mauuais office;
Ie vous vy pour luy plaire, elle en tira ce fruict
Que vostre amour a mis la sienne hors du bruit;
Folle, qui ne crut pas qu'en me donnant ce voile
Ie prendrois le Soleil, & quitterois l'Estoile.

Dās les premiers efforts de mes vœux incertains
Vos lettres luy tōboient toutes entres les mains,
Vous n'auiez que mes yeux, elle tenoit mon ame,
Qui depuis s'est renduë à la plus digne flame;
Florice, apprens d'Hylas, qui t'oblige à l'oüir,
Que le Soleil échauffe, & qu'il peut éblouïr:
Ainsi ie fus à vous, & par vne autre feinte
Ie tins mes feux cachez, & les siens encōtrainte.
O Dieux! qui punissez les parjures esprits.....

DORINDE.

N'attends point d'autre foudre, il est dans ces [écrits.

HYLAS.

De vos lettres? Florice? elle n'en a pas vne
Depuis.....

DORINDE.

Hier seulement; regarde.

HYLAS.

Ah? l'importune!

DORINDE.

Traistre, que diras-tu?

HYLAS.

Qu'elle me la vola,
Lors que ie vous parlois, & qu'elle s'en alla.

DO-

DORINDE.

C'est toy qui l'as volée à mon ame surprise,
Méchant, de qui l'esprit suborna ma franchise.

HYLAS.

Souuenez-vous, Dorinde, vn peu de sõ trãsport;
Elle sembloit malade, & me donnoit la mort;
Considerez son mal, sa fin & sa naissance,
Et vous reconnoistrez mon entiere innocence.

DORINDE.

Ah! le perfide; il pense encore me tenter.

HYLAS.

Ie pense à m'excuser, moins qu'à vous contenter:
I'appelle à mes raisons, afin qu'il me confonde,
Vôtre esprit le meilleur & le plus beau du mon-
Que ie sois condanné par vostre iugement, [de,
Si mon cœur est en faute, & si ma bouche ment:
Si l'effect eust rendu veritables vos doutes;
Florice eut vne Lettre, elle les auroit toutes;
Puis qu'à les luy cacher i'employay mon soucy,
Qui ne croit qu'vn hazard luy donna celle-cy?
Les autres, que ma foy tient en reserue encore,
Meritent d'obtenir la grace que i'implore;
Et sans plus rejetter cette faute sur moy

Puniſſez le deſtin, & careſſez ma foy.

DORINDE.

Florice & vos effects m'enſeignent à moy-meſ-

HYLAS. *[me....*

Qu'autre fois ie l'aymay, qu'aujourd'huy ie

DORINDE. *[vous ayme.*

Ce qu'on doit eſperer d'Hylas, & de ſes coups.

HYLAS.

Vn ſeruice eternel qu'il vous offre à genoux.

DORINDE.

Mais le meſme pourtãt qu'à Florice il reſerue.

HYLAS.

Se peut-il aprés-vous que iamais ie la ſerue?

DORINDE.

Ni qu'aprés elle auſſi ie me vüeille charger
D'vn cœur....

HYLAS.

Qui la punit afin de vous vanger;
Sans moy tout voſtre effort legerement la bleſſe,
Souffrez que mon amour aide à voſtre foibleſſe,
Ma paßion pour vous tient ſon ſupplice preſt,
Qui s'offre à ma faueur moins qu'à vôtre inte-
reſt;

Conseruez moy, Dorinde, afin de la détruire,
Et plûtost ne m'aymez qu'à dessein de luy nuire.

DORINDE.

En recherchant son mal ie treuuerois le mien.

HYLAS.

Appellez-vous ainsi ma flame, & vostre bien?
Ce qu'vne autre voudroit, Dorinde le méprise;
Hylas vaut-il si peu, qu'on dédaigne sa prise:

DORINDE.

Trop, s'il estoit fidelle.

HYLAS.

Et bien, ie vous promets....

DORINDE.

Quoy? ce que chacun prend, & qu'on ne tient ia- [mais?
Ce cœur?....

HYLAS.

Qui de son iour vous estime l'Aurore.

DORINDE.

Que tant d'autres ont eu.....

HYLAS.

Qui seule vous adore.

DORINDE.

Ie tâche de vous croire, & vous me tromperez.

HYLAS.

Ouy, mais en vous aymãt plus que vous n'espe-
[rez.

DORINDE.

Or ſus, nous le verrons; heureuſement trõpée....

HYLAS.

Vous benirez vn iour les coups de cette épée.

DORINDE.

Ie les épreuueray pour la troiſiéme fois.

HYLAS.

Moy toûiours vos deſirs, mon amour & vos
[loix.

Puis estant ſeul.

Ma bouche, dis-tu vray? ſans parler à mon ame
Oſe-tu bien promettre vne conſtante flame?
Ouy, Dorinde eſt paſſable, & merite vn ſer-
ment,
Ses appas me feront agréer mon tourment:
Mais que dira Florice aprés ce iuſte change?
Tout ce qu'elle voudra, pourueu que ie me vãge;
Quãd ie n'aymerois pas, ie le faindrois pourtãt,
D'amour ou de dépit l'on me verra conſtant.

ACTE III.

SCENE III.

FLORICE. ALCANDRE.

FLORICE.

QVe ferons-nous? Amour; quel conseil doy-je suiure?
Ie ne sçaurois mourir, & ie n'oserois viure;
Hylas, ie t'ay perdu pour trop te desirer,
I'ay cherché les moyens qui me font expirer,
Ie voy, quoy qu'ait produit ma ialouse furie,
Que tu ne reuiens point, & que l'on me marie:
O Dieux! ie fremy toute à ce mot seulement.
Et cet objet encore augmente mon tourment.

ALCANDRE arriue.

On diroit, à vous voir si rêueuse & si triste,
Que vostre esprit, ma Fille, à vostre bien resiste,
Il semble refuser vn doux fruict accordé,
N'auez-vous pas enfin ce qu'il a demandé?

FLORICE.

Ouy, si vous ajoûtez vn peu de temps encore,
Pour me resoudre au joug d'vn lyen que i'abhorre.

ALCANDRE.

Abhorrer vn lyen, qu'elle-mesme a cherché?
Ie connoy sous ces mots quelque dessein caché:
Vous demãdez du temps sur vne attente vaine,
Pour auoir plus de honte & dõner plus de peine?
Ie n'en ay que trop pris de vos dereglements,
Et ne voy que trop clair en vos aueuglements;
Que ie donne du temps à l'ingrate Vipere,
Pour mettre en vn tombeau son honneur, & son Pere?
Ie sçauray preuenir ce courage inhumain:
Th'ombre m'en fera la raison dans demain;
Ce terme le rendra vostre Epoux legitime.

Il s'en va.

FLORICE.

Vous serez mon boureau, ie seray sa victime.
Ainsi pensant remettre Hylas à la raison,
I'ay choisy ce fâcheux, & bâty ma prison;
Mais puis qu'en sõ endroit la jalousie est vaine,
Vn mot luy montrera son deuoir, & ma peine.

ACTE III.

SCENE IV.

PERIANDRE, HYLAS, FLORICE.

PERIANDRE. (seul.)

ABbattu de douleur, & pressé de l'amour,
I'ay repris lâchement les soins de mon re-
tour,
D'vn si grand desespoir mon ame poursuiuie
Malgré moy dans les maux a conserué ma vie,
Et ie viens, cher Amy, te l'apporter icy,
Pour punir ma foiblesse & te crier mercy;
La force de l'amour excuse cét outrage, [ge,
Dorinde a trop d'appas, moy trop peu de coura-
Et toy trop de pitié pour ne pardonner pas....

Hylas paroist tenant vne Lettre.

Les Dieux qui m'ont oüy le jettent sur mes pas:
La hôte à son abord tient mon ame en cõtrainte,
Ie luy parle d'enuie, & ie me tay de crainte.

HYLAS.

Lisant vne Lettre de Florice.

Florice, on te marie? & moy ie t'ayme ainsi;
C'ét importun lyen m'ôte autant de soucy,
Mes plaisirs asseurez auront meilleure yssuë....

PERIANDRE se presentant.

Si ie ne les troublois auiourd'huy par la veuë
De ce desesperé ....

HYLAS.

Dieux! quel contentement!

PERIANDRE.

Ie n'ose dire Amy, ie ne puis dire Amant.

HYLAS.

Periandre, est-ce vous?

PERIANDRE.

O demande sensible!
C'est vn Ingrat, qui rend sa trahison visible;
Iè ne suis plus moy-mesme estant hors du deuoir,
Et pour me méconnoistre il ne faut que me voir:
Dorinde & mes desirs ont forcé l'innocence;
Excusez ma foiblesse, accusez sa puissance;
Vous la rauir n'est pas le dessein que ie prends.

HYLAS.

Ni moy, de plus garder vn biẽ que ie vous rẽds:
C'est peu pour mes plaisirs, que vostre veuë augmente,
D'achepter vn Amy par le prix d'vne Amante;
Possedez, iouïssez, mes dons sont absolus,
Et pour l'amour de vous ie ne la verray plus,

PERIANDRE.

Puis-je la receuoir, ou l'ôter à vous-mesme?

HYLAS.

Ie n'en auray iamais le visage plus blesme:
Et ie doute, à vous faire vn si mal-heureux don,
Si i'en puis meriter ou l'oüange, ou pardon.

PERIANDRE.

Amy, cette bonté ....

HYLAS.

Moins que moy vous oblige,
Et m'épargne des pas pour qui ie les neglige;
Vous déchargez d'autant mon cœur & mes esprits,
Ie vous quitte des pleurs, des souspirs, & des cris.

PERIANDRE.

Vous meritez sans doute vne gloire immortelle.

HYLAS.

Allez tous employer ces beaux mots auprés [d'elle

PERIANDRE s'en allant.

Ie m'en vay publier l'honneur & la vertu.....

HYLAS. seul.

D'vn, qui lassé d'vn bien demande (le veux-tu?)
Dieux! comme l'insensé déja court à sa peine;
Que par luy ma décharge est heureuse & soudaine!
Dorinde à cét instant pesoit à mon esprit,
I'eusse donné beaucoup afin qu'il la reprist:
Florice l'a voulu, qui libre me partage
Les desirs qu'vn mary n'a que par heritage;
Comme ie ne craignois en elle que ce poinct,
Il passe, elle m'apelle, & ie me suis rejoint:
Il n'est point de beauté qui ne cede à la sienne,
Ni de prison non plus si douce que la mienne,
Ie suis dans les appas, Theombre dans les fers,
Ie n'ay d'autres lyens....

Florice entre.

Que ses beaux yeux offerts.
Aprés mes feux étains n'en craignez plus la cē- [dre,
Florice, i'ay rendu Dorinde à Periandre;

Le voila de retour, & ce change si doux
Le montre moins heureux que ie ne suis à vous.

FLORICE.

Ajoûtez moins content encore que Florice;
Quelque soin d'autre part que mon ame nourisse,
Sur l'étrange accident de ma captiuité,
Qui me punit .....

HYLAS.

Autant que ma fidelité.

FLORICE.

Elle vient vn peu tard...

HYLAS.

En vostre connoissance,
Non pas dedans ce cœur ouuert à l'innocence.

FLORICE.

Pour me la faire croire, & vous purger du tout,
Il faut que vous tiriez la trâme iusqu'au bout;
Vous ne serez iamais libre dans ma pensée
Qu'vn affront signalé n'ait Dorinde offencée,
Vostre haine pour elle asseure mon amour.

HYLAS.

Ie vous témoigneray l'vne & l'autre à ce iour;
Ne faut-il que cela? i'yray iusqu'à l'outrage.

FLORICE.

Vous ioüirez du calme aprés vn tel orage.

HYLAS.

Que c'est peu de matiere à mon desir ardent!

FLORICE.

Souuenez-vous qu'Hylas me gagne en la per- [*dant.*

ACTE III.

SCENE V.

DORINDE, PERIANDRE.

DORINDE.

IE vous ay découuert au long son artifice;
Hylas est vn Amy d'importance & d'office;
Le Portrait, que vos yeux virent dans ce miroir,
Couuoit sa perfidie, & vostre desespoir.

PERIANDRE.

O Dieux! qu'ay-je entendu? ses ruses nompa-
reilles
Qui tromperent mes yeux, étonnẽt mes oreilles.

DORINDE.

Il nous blessa tous deux par vn si mauuais tour.

PERIANDRE.

Luy-mesme nous guerit aussi dans mon retour;
Sa franchise me donne, outre la foy promise,
La part en vos faueurs qu'elle s'estoit acquise,
Il m'a rendu le bien comme il me l'a rauy,
Et c'est par ce moyen seulement que ie vy.

DORINDE.

Il vous donne Dorinde? est-elle en sa puissance?
Il abuse de moy, trompant vostre innocence.

PERIANDRE.

I'appelle vn bien rendu, l'hōneur de vous seruir,
Qu'il me permet enfin comme il l'a sceu rauir.

DORINDE.

D'vn ennemy couuert, aprés l'experience,
Les dōs deuroiēt du moins vous mettre en défiā-
Il veut par quelque effort de sa subtilité [ce;
Encore deceuoir vostre credulité;
Il m'ayme, & ie le dy de crainte qu'il vous trōpe
Il n'est point d'amitié pour cela qu'il ne rompe:
Mais le voicy qui vient; vous retirant vn peu
Vous pourez découurir & sa mine, & son jeu.

ACTE III.

SCENE VI.

HYLAS, DORINDE, PERIANDRE.

HYLAS.

Parlant bas à Periandre qui s'estoit auancé.

Vous m'allez voir, Amy, d'vne constance rare:
Vn peu plus que cruel, vn peu moins que barbare:
Pour vous mieux asseurer Dorinde, & vostre bien,
Vn effort troublera son repos, & le mien;
Ne vous étonnez point de ce que ie vay faire,
Mais admirez vn coup étrange & necessaire.

Puis regardant Dorinde,

Dorinde, vous craignez, vous cõbattez de loin;
Venez, & r'appellez vostre force au besoin.

DORINDE.

La gloire du combat n'en vaudroit pas la peine.

HYLAS. [vaine;

Vn peu plus de beauté vous rendroit bien plus
Dittes qu'Hylas pour vous endure le trépas,
Et vous vantez des coups que ie ne ressens pas;
Vous faites la cruelle ? & Dorinde est si bonne,
Qu'en souffrant tout le mal elle croit qu'elle en donne :
Vous pouuez retrancher vos soins de la moitié,
Vos charmes causẽt moins d'amour que de pitié;
Vous tenez dans les pleurs mon ame consumée,
Comme d'vn feu fâcheux l'on pleure à la fumée :
Apprenez que mon cœur, qui rit à vos dépends,
Ne vous a point aymée, ou que ie m'en repents:
Et que pour vous porter à ce nom de cruelle,
Hylas n'est pas si sot, ni Dorinde assez belle.
Ces mots doiuent suffire à vostre vanité,
Pour connoistre ma force, & vostre infirmité.

PERIANDRE.

Qu'auez-vous fait?

HYLAS.

Beaucoup, & cette medecine
Rongera son amour iusques à la racine;

Ou si c'est vn poison, il vous doit estre doux;
Tirez le biẽ, du mal que i'ay commis pour vous.

Il sort.

PERIANDRE.

Il s'en va; i'en rougi; ma maistresse en soûpire:
O Dieux! que pûis-je faire? & que doit-elle di-[re?

DORINDE.

Rien, Periandre, rien; sinon qu'en mon tourment
Vous connoißiez le vostre, & l'Amy par l'A-mant;
Vn orage pareil vous pend dessus la teste,
Vous pouuez me vanger & füir la tempeste.

PERIANDRE.

I'entre dans vos tourments, ie souffre vos ennuis,
Et plus foible que vous i'offre ce que ie puis.

DORINDE.

Il croit vous aueugler par vn tel artifice
Que vous prendrez pour vous ce qu'il donne à Florice;
C'est ainsi qu'il me traitte afin de l'obliger;
Et c'est d'elle & de luy que ie me veux vanger:
Elle l'ayme, elle écrit; & vous en pouuez mettre

Assez

ssez facilement en mes mains vne Lettre.

PERIANDRE.

Hylas de son humeur n'en a pas trop de soin;
Cet office ......

DORINDE.

M'oblige, & portera plus loin.

PERIANDRE. (sortant)

Peu de temps nous rendra moy joyeux, vous contente.

DORINDE.

Nous recompenserons l'vne par l'autre attente.
Ie la tiens autant vaut, & ie la pense voir
Cette Lettre, qui peut vanger mon desespoir;
Ie vay perdre Florice en l'esprit de Theombre,
Qui croit tenir vn corps, & n'embrasse qu'vne ombre.

ACTE QVATRIESME.

SCENE PREMIERE.

STELLE. CORYLAS.

Icy la Scene change de face, & represente les boccages du Forests.

DIALOGVE.

STELLE.

REjettez-vous ainsi mes vœux les plus constans?

CORYLAS.

Vous m'offensez, Bergere, & perdez vostre temps.

STELLE.

On vous offense, Ingrat, alors qu'ō vous adore?

CORYLAS.

Le Crocodile ainsi pleure quand il deuore.

STELLE.

Stelle, qu'on voit pour vous d'amour se consommer......

CORYLAS.

N'ayme plus dans le tẽps qu'elle iure d'aymer.

STELLE.

N'aymer plus? Corylas, & que pouuez-vous dire?

CORYLAS.

Ce que diroit Lyzis, ce que diroit Semyre.

STELLE.

Que diroient-ils? sinon que pour vous i'ay laissé....

CORYLAS.

Ceux pour qui Corylas autresfois fut chassé.

STELLE.

Ah! que ne peut vostre ame entrer en ma pensée!

CORYLAS.

O Dieux! qu'elle seroit en crainte, & mal placée!

STELLE.

Vous sçauriez le pouuoir qu'elle a sur mes esprits.

CORYLAS.

Stelle ne donne rien qu'elle n'ait tost repris.

STELLE.

Exceptez en mõ cœur, que ie ne puis reprendre.

CORYLAS.

Ie ne ferayiamais en peine de le rendre.

STELLE.

Ie le refuſerois s'il oſoit reuenir.

CORYLAS.

Tout aisément promet qui ne veut rien tenir.

STELLE.

Vous le tenez à vous, & ma foy l'accompagne.

CORYLAS.

Ce don eſt dangereux, qui le perd plus il gagne.

STELLE.

Mille courent aprés, & vous le refuſez?

CORYLAS.

Pource que ie ſuis ſage, & qu'ils ſont abuſez.

STELLE.

Comme eux, vous auez eu des ſentimens ſemblables.

CORYLAS.

Ouy, ie fus mal-heureux, comme ils sont miserables.

STELLE.

Me fuïr? Corylas? alors qu'il est aymé?

CORYLAS.

Ie sorts d'vn mauuais pas que vous m'auez fermé.

STELLE.

Vous recherchiez mon cœur; ie vous l'offre à cette heure.

CORYLAS.

Ie recherchois la foy qui iamais n'y demeure.

STELLE.

Mes yeux sur vos esprits paroissoient absolus.

CORYLAS.

I'estois lors aueuglé, mais ie ne le suis plus.

STELLE.

Vous iuriez de m'aymer, sans iamais me déplaire.

CORYLAS.

Et ie iure aujourd'huy de faire le contraire.

STELLE.

Aprés tant d'amitié vous pouriez me haïr?

CORYLAS.

Aprés tant de ſermẽts vous m'auez pû trahir?

STELLE.

Vangez vous ſur mon cœur, tenez ie vous l'apporte.

CORYLAS.

Ie ſerois plus puny, me vangeant de la ſorte.

STELLE.

Voyez qu'il eſt à craindre, & qu'il vous fait de tort!

CORYLAS.

Ie le crains par raiſon, c'eſt vn Serpẽt qui mord.

STELLE.

Vous tenez à grand mal vne douce bleſſure.

CORYLAS.

Ie tiens à vous fuïr ma victoire plus ſeure.

STELLE.

Fuyez qui vous ſuiura parmy tous ces guerets.

CORYLAS.

Ie vous feray bien-toſt arpenter le Foreſts.

ACTE IIII.

SCENE II.

HYLAS. (en berger.)

NE ris-tu point, Amour, de voir cét équipage?
Mon ombre qui me suit me sert icy de Page;
Hylas est deuenu, tant il ayme à changer,
De Pâtre Courtisan, de Courtisan berger:
I'ay du tout oublié dans ce doux exercice
La haine de Dorinde, & l'amour de Florice;
L'vne par vn Amy, qui deuint suborneur,
Se vangea sur Florice, & trahit mon bon-heur,
Vne lettre surprise à Theombre renduë,
Me rauit à son poinct la faueur attenduë:
Elles ne m'ont laissé d'amour, ny de regrets,
Leur perte ne m'a point ietté dans le Forests;
En donne qui voudra la gloire à Chryseïde,
Vn Demon plus puissant me gouuerne & me guide;

Non, ie n'y ſuis porté que d'vn iuſte deſir
De goûter en tout lieu l'amour & le plaiſir,
De promener mes ſens, parler à la Nature
Dans ces bois qu'à Lyon l'on ne voit qu'en peinture,
Connaiſtre ſi l'Amour moins auare & plus net
Eſt plus doux ſur des fleurs que dans vn cabinet,
S'il n'eſt pas, en rendant toute choſe fertile,
Le Soleil de ces champs, comme il l'eſt de la ville:
Auſsi champeſtre icy que le ſont mes habits,
Ie conduy mes plaiſirs & non pas des brebis;
Ie cherche, aprés le fard, la beauté naturelle,
Ie n'ay plus de ſoûpirs ny de cœur que pour elle;
I'ay treuue le plaiſir dans la ſimplicité,
Sous le nom d'Alexis vne diuinité;
Des Bergeres ſans nombre ont mõ ame ſurpriſe
Cette ſeule Drüyde auiourd'huy la maiſtriſe;
Dans le deſſein d'aymer de toutes les façons
I'en ay pris auprés d'elle & donné des leçons,
Et mon amour, qui ſuit tout objet qui recrée,
Monte de la prophane à la beauté ſacrée;

Mais mon eſprit enfin craint ſa ſeuerité,
Et s'en laſſe bien fort, s'il n'en eſt irrité;
Elle eſt pour mon humeur trop ſuperbe & ſça-
uante,
Son viſage me plaiſt, ſon eſprit m'épouuante,
Ie ne recherche pas ces beautez de renom,
Dont l'orgueil entend tout, & ne reſpond que
(non;)
I'ayme bien mieux languir d'vne flame legere
Sans refus ſur le ſein d'vne ſimple Bergere,
Qui dans le meſme vœu que i'auray pû for-
mer
Ne ſçaura de tout art que celuy de m'aymer.

ACTE IIII.

SCENE III.

CORYLAS. HYLAS. STELLE.

CORYLAS. (parlant à Stelle)

ME suiurez-vous toûjours sans esperance aucune?

HYLAS.

Mais ie voy Corylas....

CORYLAS.

Qui fuit vne Importune.

STELLE.

Cruel, on me verra iusques à mon trépas
Toûjours inseparable à vos yeux, à vos pas;
Vostre grace ou la mort terminent ma poursuitte.

HYLAS.

Quoy? vous tenez ainsi?....

CORYLAS.

L'inconstance reduite:
Stelle, comme vous pas ces mots sont superflus,
Attendez à demain, vous n'y penserez plus.

HYLAS.

Qu'est-ce cy? Corylas.

CORYLAS.

Vne humeur incertaine,
Et constante aujourdhuy seulement pour ma peine.

HYLAS.

Vous fuyez vn doux mal, qui pouroit obliger......

CORYLAS.

Vous & moy, si vos soins vouloient m'en décharger.

HYLAS.

Décharger?

CORYLAS.

D'vn fardeau qui me nuit & me pese.

HYLAS.

Voila comme on se plaint quelquefois de trop d'aise,

Vous appellez fardeau.....

CORYLAS.

Ce qui peut tourmenter:

HYLAS, (regardant Stelle.)

Hylas y treuueroit dequoy se contenter:
En effect, quel defaut remarquez-vo⁹ en Stelle?

CORYLAS.

Qu'elle est trop inconstante.

HYLAS.

Et qu'importe? elle est belle:
Auecque tant d'appas .....

CORYLAS.

Elle n'a point de foy.

HYLAS.

Ayme, simple Berger, ce qu'en elle ie voy;
Quelle foy voudrois-tu demander d'vne femme?
Si les yeux sont contents, que cherches-tu dans l'ame?

CORYLAS.

La constance; en vn mot ce que l'on doit aymer.

HYLAS.

Parle en amy, n'as-tu que ce point à blâmer?

CORYLAS.

Hylas prest de montrer vn amour qui le touche,
A le feu dans les yeux, & le cœur en la bouche;
Il s'échappe déja.

HYLAS.

Dy qu'il est échapé:

(puis se presentant à Stelle)

Parmy tous ses mépris, vos beaux yeux m'ont frapé;
Vne pareille humeur que reprend ce Nouice
Vous doit faire agréer Hylas, & son seruice.

CORYLAS.

Quelque destin caché, sans doute icy vous joint;
Ne le refusez pas, il est à vostre poinct.

STELLE.

Ouy, bien mieux qu'vn Ingrat.

CORYLAS.

Ajoustez vn Parjure;
Plustost que vostre amour ie souffre toute injure.

HYLAS.

La plus grande aprés tout, sera de l'oublier,
Et par vn nœud plus doux ensemble nous lier.

CORYLAS.

Stelle, croyez Hylas; voicy l'heure propice....

HYLAS.

Où naissent mes plaisirs.

STELLE. (se rendant,)

Où finit mon supplice.

HYLAS.

Où l'Amour veut montrer sa gloire & son pouuoir .....

STELLE.

Dans le bien qu'il presente.....

HYLAS.

Et qu'il fait receuoir.

CORYLAS.

Qu'amour en ces esprits visiblement se jouë!
Vn moment lie vn cœur, vn autre le dénouë:
En cét heureux accord viuez tous deux contẽts.

HYLAS.

Et toy, vy mal-heureux auecque les Constants:
Ces fous refuseroient les plus douces delices,
S'ils ne les achetoient auecque des supplices,
Et méprisant l'appas d'vn bon-heur asseuré
N'aymeroient pas vn biẽ s'ils ne l'auoiẽt pleuré;
Ils pensent que l'amour n'est pas de bõne marque
Si ce n'est sous des mots de soûpirs, & de parque:

Nostre effort n'en sera ni plus ni moins ardent;
Laissons les tous mourir, & viuons cependant.

STELLE.

Viuons donc, & rendons exemte nostre vie
D'vne seuere loy qui la tient asseruie;
La constance est vn port effroyable aux nochers,
Où les plus fortunez rencontrent des rochers.

HYLAS.

Ils estiment vertu de pecher par coûtume,
De tous les fruicts d'amour ils n'ont que l'amertume;
Tandis qu'en nos desirs ou legers, ou constans,
Nous goûtons ces douceurs qu'ils attendent du temps;
Quel bien peut m'obliger à la perseuerance,
Pour en garder l'enuie, & perdre l'esperance?

STELLE.

Qu'Hylas ne craigne point d'estre si mal traité.

HYLAS.

L'espoir luy peut manquer, iamais sa liberté.

STELLE.

Pour la rendre entre nous & facile & cõmune,

Et n'auoir en nos vœux rien qui les importune,
Arrestons nostre amour sous des conditions
Qui leuent toute geine à nos affections.

HYLAS.

Ainsi nous seruirons de merueille & d'exemple.

CORYLAS.

A tous les Inconstans qui vous feront vn Tẽple.

(Les conditions sous lesquelles Hylas & Stelle prometterent de s'aymer.)

STELLE.

Que chaque cœur en no⁹ soit l'Amãt & l'Aymé.

HYLAS.

Qu'aucun ne soit sur l'autre vn Tyran estimé.

STELLE.

Que l'on ne parle point de soûpirs ni de larmes.

HYLAS.

Que nos esprits n'aurõt de lyens que les charmes.

STELLE.

Qu'ils se puissent quitter sans infidelité.

HYLAS.

S'aymer beaucoup ou peu, sans terme limité.

STELLE.

Qu'ils banniront ces noms de seruage & de peine.

HYLAS.

HYLAS.

Tiendront indifferens, ou l'amour, ou la haine.

STELLE.

Sans rompre ils aymeront qui bonleur semblera.

HYLAS.

Pouront faire & penser tout ce qui leur plaira.

STELLE.

Chacun d'eux relâcher ou tenir son courage.

HYLAS.

Ni flaté ni picqué de faueur, ou d'outrage.

CORYLAS.

Est-ce tout? aioûtez cét Article commun,
De les oublier tous, & n'en tenir pas vn.

HYLAS.

En effect, cet aduis merite qu'on l'entende.

STELLE.

Nous feriez-vous, Hylas, vne iniure si grande?
Qu'il parle à ses pareils de pleurs & de tourmens,
Et ne se mêle point parmy nos sentimens:
Nos articles par tout portent ce qu'il veut dire,
Mais, pour les publier, il nous les faut écrire:
Allons mettre la main au dessein entrepris.

HYLAS.

Qui détruira l'erreur de tous ces faux Esprits.

CORYLAS.

Dieux! qu'ils sont échauffez! leur Demon les inspire,
Et nous prepare à tous mille suiets de rire.

ACTE IIII.

SCENE IV.

PERIANDRE. DORINDE, (en bergere)

PERIANDRE.

NOn, ne le plaignez plus; Bellymarthe est heureux,
Il nous laisse en mourant vn sort plus rigoureux;
Il est mort à vos pieds, d'amour & de courage,
Pour conseruer Dorinde, & l'oster du naufrage,
Où Merindor & moy, sans espoir de secours,
Echappez de la mort l'endurons tous les iours;
Ainsi de trois Amãts armez pour vous defendre
La Parque en a pris vn, vous n'en voulez point prendre.

DORINDE.

Vous donnez au reproche, & perdez en vos cris
D'vne belle action le merite & le prix,
Ie connoy que sans vous ie serois enleuée;

Mais c'est à Sigismōd que vous m'auez sauuée;
La grandeur de celuy que l'on oblige en moy
Me dégage enuers vous de tout ce que ie doy.

PERIANDRE.

Nō pas de la pitié qu'vn pauure Amāt reclame.

DORINDE.

Au lieu de la guerir elle accroist vostre flame;
Mon cœur seroit cruel, s'il vous estoit plus doux,
N'estant point à moy-mesme il ne peut estre à
vous.

PERIANDRE.

C'est en quoy le destin veut qu'enfin ie perisse.

DORINDE.

Consolez vous; & moy ie vay chercher Florice.

PERIANDRE. (seul.)

Periandre tandis cherchera le trépas,
Qui s'offre sous des noms de douceur & d'appas;
O parole, d'vn temps pitoyable, & mortelle!
En me donnant la mort, (consolez vous) dit-elle.
Il le faut, & mourir; son destin & mon cœur
N'ont remis qu'en ma fin celle de sa rigueur,

Les Dieux à ce malheur n'ont point fait de remede,
Et veulent qu'à mes yeux Sygismond la possede:
O Dieux! que sa grandeur est contraire à mes vœux!
Ne voy-ie pas Hylas? quel rencontre à tous deux!

ACTE IIII.

SCENE V.

HYLAS, STELLE, PERIANDRE, DORINDE, FLORICE, CORYLAS. Troupe de Bergers.

HYLAS.

(Tenant en main les conditions.)

Elles me plaisent fort, écrites de la sorte.

STELLE.

Nostre amour n'en sera moins libre ni plus forte,
Puis que la liberté les dicta par sa voix,
Et n'a pour les finer employé que nos doigts.

HYLAS.

Afin que nos Neueux puissent mieux les apprendre
Dans le Temple d'Amour il nous les faut appendre;
A genoux on lira ce que nous ordonnons,
Et la posterité gardera nos deux noms.

PERIANDRE (se presentant.)

Tout de mesme qu'Hylas a conserué la gloire
Et le nom d'vn Amy mort dedans sa memoire.

HYLAS.

Est-ce vous? Periandre.

PERIANDRE.

Encore me nommer?
Vous auez en Berger appris à mieux aymer.

HYLAS.

De Corylas, peut-estre, ou du moins de Syluandre?
Leur debite est mauuaise, ils ne m'ont pû rien vendre.

PERIANDRE.

Pource qu'Hylas trop foible & pauure en leurs esprits

N'a point assez de fonds pour aller à ce prix.

HYLAS.

Si le prix est d'amour, i'en ay toûjours de reste;
Par tout i'en ay rendu la preuue manifeste;
Tout seul i'ay plus aymé que tous ces bergerots,
Qui des lyens d'Amour font de rudes garots.
S'ils le tiennent à terre, & luy coupent les aisles,
Ie luy donne l'essor, & des plumes nouuelles:
Voyez dans ce papier comme nous le traittons,
Et les plaisirs aussi que par luy nous goûtons.

Periande prenant les conditions que luy presente Hylas les lit tout haut ainsi.

Les 12. conditions sous lesquelles nous Hylas & Stelle, promettons de nous aymer à l'auenir, par accord fait entre nous.

1. *Que châque cœur en nous soit l'Amant & l'Aymé.*
2. *Qu'aucun ne soit sur l'autre vn Tyran estimé.*
3. *Que l'on ne parle point de soûpirs ni de larmes.*

4 *Que nos esprits n'auront de lyens que les*
charmes.

5 *Qu'ils se puissent quitter, sans infidelité.*

6 *S'aymer beaucoup ou peu, sans terme li-*
mité.

7 *Qu'ils banniront ces noms de seruage &*
de peine,

8 *Tiendront indifferens ou l'amour, ou la*
haine.

9 *Sans rompre ils aymeront qui bon leur sem-*
blera.

10 *Pouront faire & penser tout ce qui leur*
plaira.

11 *Chacun d'eux relâcher ou tenir son cou-*
rage.

12 *Ni flatté, ni piqué de faueur ou d'ou-*
trage.

ARTICLE XIII. AIOVTE'

PAR AVIS ET CONSEIL AVX conditions, sous lesquelles nous Hylas & Stelle, promettons de nous aymer à l'auenir, & duquel nous sommes tombez d'accord, comme des autres.

Ajoûtant par auis cét Article commun,
De les oublier tous, & n'en tenir pas vn.

Siné HYLAS. STELLE.

HYLAS, (monstrant sa Bergere à Periandre.)
La voila, cette aymable & diuine Bergère,
Qui tire toute à soy ma flame passagere.

PERIANDRE.
Stelle, que vos attraits doiuent estre puissans!
Cette grande victoire est digne de l'encens.

HYLAS.
Et i'offre à son humeur, qui la rend adorable,

Des cœurs que i'ay brûlez la fumée honorable.

STELLE.

I'en donne pour victime autant à son amour.

PERIANDRE.

Contez bien, vous deurez la moitié de retour;
Hylas a pris des cœurs à toute heure, & sans nombre.

HYLAS.

Tu iuges du Soleil, toy qui n'es que dans l'ombre?
Tu pourrois âioûter, ô Greffier ignorant,
Sur ton registre encore vn nõbre bien plus grãd;
Mon depart de Lyon en a grossi le conte:
I'acquis sur le chemin Laonice, & Madonthe;
Le Forests, partageant mes amoureux soucis,
M'offrit, aprés Phyllis, la Drüide Alexis,
N'ayant pas épargné mesme vne fausse Astrée;
Stelle pour la plus digne en fin s'est rencontrée.

STELLE.

Ou pour la plus heureuse, & qui reconnoist mieux
La faueur qu'elle tiẽt & de vous & des Cieux.

PERIANDRE.

Qu'ainsi vostre desir sans peine s'accomplisse.
Mais que dira Dorinde?

HYLAS.

Et qu'en a dit Florice?
Dorinde?....

PERIANDRE.

Elle est icy; quoy! vous ne sçauez-pas
Tous les sanglans effects qu'ont causé ses appas,
Que du Pere & du Fils à l'égal adorée
Elle s'est en Bergere en ces champs retirée?
D'vn mouuemẽt diuers Gondebaut la poursuit;
Sygismond la soûtient; & ie l'ayme sans fruit:
On ne voit que soldats que Gondebaut enuoye,
Et depuis peu sans nous elle en estoit la proye:
De trois Amants qu'elle eut, qui soûtindrent l'effort,
Nous restons deux viuans, Bellymarthe en est mort;
Sans pouuoir, quelque fin qui suiue ma souffrance,
Ni perdre mon amour ni treuuer d'esperance.

HYLAS.

Que tes desseins, Amy, sont iniustes & faux!

Vn peu de mon humeur adouciroit tes maux;
On diroit que les Dieux t'ôtent leur aßiſtance,
Qu'ils ont, pour te punir, établi la Conſtance,
Comme par ſon contraire ils nous ont preparé
Vn remede à ce mal le plus deſeſperé;
Languir pour vne Ingrate, & qui rit de ta peine?
Mais Dieux! ie l'apperçoy; la voicy l'Inhumaine.

ACTE IIII.

SCENE VI.

HYLAS. STELLE. DORINDE. FLORICE. PERIANDRE.

HYLAS.

QVelle Bergere trouble en ces champs innocens
La paix de nos troupeaux, & celle de nos ſens?
Qui cauſe nos frayeurs? et remplit cette terre
Des flames de l'Amour, et des feux de la guerre?
Et quel Demon de ſang l'a conduite en ces lieux?

DORINDE.

O u quel Aſtre fatal montre Hylas à mes yeux?

HYLAS.

C'eſt vn ſoleil diuin, d'influence immortelle,
Que i'ayme ſous le nom de la Bergere Stelle;
Eſtes-vous tant aueugle, ou profane à ce poinct,
De la voir deuant vous, & ne l'adorer point?

STELLE.

Excuſez ſon ardeur, & iugez par vous-meſme
Qu'il eſtime à ſon prix tous les objets qu'il ayme.

DORINDE.

Il eſt dans ſon humeur toûjours auſſi conſtant.

FLORICE.

Autrefois pour Dorinde il en diſoit autant.

HYLAS.

Mais quelle eſt cette voix qui vient à mõ oreille?
De meſme, i'en oüis autrefois la pareille.

DORINDE.

Méconnoiſtre Florice? ô quel aueuglement!

HYLAS.

Florice? a-t'elle eſté? c'eſt vn nom de Romant,
Toutefois il m'en vient, me l'eſtant retracée,

Quelque idée en l'esprit, mais beaucoup effacée.

DORINDE.

C'est elle mesme Hylas, qui vous a tant chery.

HYLAS.

C'est donc elle qui cherche en Forests vn mary?

DORINDE.

Mais qui l'ayant acquis, à son gré s'en retourne.

FLORICE.

Sinon que pour vous plaire encore i'y seiourne.

HYLAS.

Florice, telle ou non, puis qu'on vous nomme ainsi,
Vous pouuez en partir, & me laisser icy.

FLORICE (s'en allant)

Que ie vous dise donc vn Adieu qui m'afflige.

HYLAS.

C'est ce que i'ayme en vous, & tout ce qui m'oblige.
Pour auoir deux marys par vn droict tout nouueau
L'on vient donc en Forests? le priuilege est beau;
Qu'est deuenu Theombre?

PERIANDRE.

Il est mort.

HYLAS.

Qu'on responde
Qu'il n'est plus auiourd'huy de ialousie au monde.

PERIANDRE.

Et voila comme Hylas pleure vn Amy perdu?

HYLAS.

Ie pleurerois plustost s'il nous estoit rendu.

DORINDE.

La lettre de Florice, où i'inuentay sa peine,
Qui me vengea si bien vous cause cette haine.

HYLAS.

I'eus par vous ce trauail; mais i'en ay bien donné;
Il ne m'en souuient plus, ie vous l'ay pardonné.

(Corylas & sa troupe entre)

Mais que veut Corylas, & sa troupe animée,
D'épieux, de iauelots, & de fourches armée?
Voudroit-il vous r'auoir les armes à la main?
Bergere, montrons luy que son effort est vain.

STELLE.

Hylas n'est asseuré de moy ni de sa force.

ACTE IIII.

SCENE VII.

CORYLAS, DORINDE, PERIANDRE. HYLAS, STELLE.

CORYLAS. (à Dorinde)

Les combats arriuez nous ont seruy d'amorce,
Inspirant le courage au cœur de ces Bergers
Pour vous seruir, Madame, au milieu des dangers.

DORINDE.

Vous m'obligez. Amys, à la reconnoessance.

CORYLAS.

On vous cherche par tout, & craignant la puissance
Qui menace vn hameau pour vous seule assailly,
Nous venons vous offrir retraitte à Marcelly.

PERIANDRE.

PERIANDRE.

Madame, ce desseinest du tout necessaire
Et vous tire des mains d'vn si grand auersaire;
Le Roy les étendant par tout pour vous r'auoir
Opposons Marcilly d'obstacle à son pouuoir,
Là se peut seulement terminer sa poursuitte.

HYLAS.

Hylas auecque tous s'offre à vôtre conduitte.

DORINDE.

Il ne faut plus rien craindre ayant vn tel appuy.

HYLAS.

Stelle, estes-vous du nombre, & de ville auiourd'huy?

STELLE.

Ie vous suy.

PERIANDRE.

Nous tenons la victoire certaine.

CORYLAS.

Puis qu'Hylas est soldat.

HILAS.

Corylas Capitaine.

ACTE CINQVIESME.

SCENE PREMIERE.

HYLAS.

CHANSON.

QVel sujet prolonge la nuict?
Que sa course déplaist à mon ame enflamée!
Qui retient la clarté tant de fois reclamée?
Ie la demande, elle me fuit.
O Dieux! quelle merueille!
Dans le sein du repos chacun dort; & ie veille.

Alidor sur vn beau teton
Prend l'aise du sommeil, aprés d'autres delices:
L'Aurore, qui tenoit le lict pour ses supplices,
S'oublie, & dort prés de Tython.
O Dieux! quelle merueille!
Dans le sein du repos chacun dort, & ie veille.

L'ombre passe, & tout change en fin;
Les Astres vont dormir, & tombent de paresse;
L'Aurore pleure moins à faute de caresse
Que de se leuer si matin:
O Dieux! quelle merueille!
Dans le sein du repos chacun dort, & ie veille.

L'oyseau s'éueille dans les bois
Sur vn liƈt naturel ou de fueïlle ou de plume,
Et regarde en chantant tout le Ciel qui s'allume
Et se réjouït à sa voix.
O Dieux! quelle merueille!
Ie pleure cependant, ie soûpire, & ie veille.

Ie soûpire? & pourquoy? quel si puissant obiet
A mes feux violens peut seruir de suiet?
Ne suis-je plus Hylas? & ne sçaurois-je apprendre
Si ie serois passé de moy-mesme en Syluandre?
Cét enuieux Demon de constance & d'ennuy
Voudroit il me punir & me changer en luy?
Non, c'en est vn d'amour, qui me figure Stelle
Auecque tous les traits qui la rendent si belle.

Qu'il la peigne Diuine, & par de faux appas
Luy donne des beautez que mesme elle n'a pas;
Qu'elle ait sur mes esprits vn souuerain Empire:
Faut-il qu'elle soit vaine, & qu'Hylas en
souspire?
Orgueilleuse Bergere, où prens-tu ce pouuoir
De luy dõner des soins plus qu'il n'en veut auoir?
Ta beauté me poursuit, & m'attache en for-
Elle deuient cruelle à force de me plaire, [saire,
Et iusques dans mon lict oze mal à propos
M'apporter de la peine & m'ôter le repos;
La plus grãde beauté, combien que i'en iouysse,
Ie ne l'aymerois pas auecque ce supplice: [pirer,
Réuer, ne point dormir, se plaindre, & sous-
Fust-ce dedans le Ciel, ie n'y pourois durer:
Si mon cœur s'est ouuert à ton feu qui le touche,
Ne doy-ie plus fermer ni mes yeux, ni ma
bouche?
Il faut que mon humeur icy regne à son tour,
Tu m'as blessé la nuict, ie m'en riray le iour,
Et ton cœur insolent au poinct qu'il me surmõte
Sçaura dans vn congé mon courage, & ta hõte;
Comme si pour t'aymer ie deuois endurer
Tout ce que m'auroit pû ta haine procurer?

ACTE V.

SCENE II.

PERIANDRE. HYLAS.

PERIANDRE.

SI matin? qui vous mét dedans la ſolitude?

HYLAS (continuant ſans l'ouyr)

Nous ſçaurons bien ſortir de cette inquietude!

PERIANDRE.

Qui vous a cette nuict le repos diuerty?

HYLAS.

A deux de ieu, chacun faſſe nouueau party.

PERIANDRE.

Vos diſcours ſont venus iuſques à mes oreilles.

HYLAS.

Bergere, donnez-vous beaucoup de nuicts pareilles.

PERIANDRE. (le pouſſant.)

Ne répondrez-vous point? ie croy que vous ſongez.

HYLAS (l'entendant)

Ouy; comme ie rendray tous mes desirs vangez.
Periandre, tu vois.....

PERIANDRE.

Beaucoup de réuerie:
Quelle humeur vous a mis cette nuit en furie?

HYLAS.

Stelle, cette importune.

PERIANDRE.

Où croire ce qu'il dit?

HYLAS.

Qui m'est venu treuuer iusques dedans mon lict.

PERIANDRE.

Stelle?....

HYLAS.

Dedans mon lict.

PERIANDRE.

Et i'en estois si proche?

HYLAS.

Tu pouuois donc oüir iniure sur reproche.

PERIANDRE.

Quoy? vous l'auez.....

HYLAS.

Chassée.

PERIANDRE.

O Dieux!

HYLAS.

En me leuant.

PERIANDRE.

Comment? ne iouyr pas?

HYLAS.

D'vn fantosme, & du vent:
Iouït-on d'vn obiet qu'on ne tient qu'en pensée?

PERIANDRE.

C'est son image aussi que vous auez chassée.

HYLAS.

Elle mesme pour moy luy porte son congé.

PERIANDRE.

Son cœur est innocent, doit-il estre affligé?

HYLAS.

Le mien souffrira-t'il tant de soins le confondre?

PERIANDRE.

Son portrait a failly.

HYLAS.

Mais Stelle en doit répondre;
Quoy? ne charge-t'on pas le maistre cõme auteur
D'vn domage importãt que cause vn seruiteur?

N'osant pas y venir, dans mon lict elle envoye
Tout ce qui peut troubler mon repos & ma ioye,
Vn portrait qui me blesse en mõtrant sa beauté.

PERIANDRE.

En effect, contre Hylas c'est trop de cruauté;
Mais la voicy qui vient.

HYLAS.

Ie luy veux faire entendre
D'vne noire action, ce qu'elle en doit attendre.

PERIANDRE.

L'action fut bien noire, estant faite la nuict.

ACTE V.

SCENE III.

PERIANDRE. CORILAS. STELLE. HILAS.

PERIANDRE.

COrylas ne ſçait pas ce que ſa main conduit.

CORILAS.

I'euſſe dit mon Soleil, auant ſon inconſtance
Mais ſi ie me trompay, i'en ay fait penitence;
Auiourd'huy bien gueri de ce fâcheux tourment
Ie meine l'Inconſtante à ſon pareil Amant,
Afin que d'vn accord, comme ils ſe le promirent,
On aille à la Fontaine où les Amans ſe mirent,
Dorinde par plaiſir veut aller auec eux,
Et ſi vous le voulez nous les ſuiurons tous deux.

PERIANDRE.

Si vous croyez qu'Hylas y treuue voſtre image,
Bergere, vous allez chercher voſtre dommage.

STELLE.

Que craindrois-ie ? l'aymant, ie sçay qu'il la verra.

PERIANDRE.

Et ie sçay, la voyant, qu'il vous en punira

STELLE.

Mon portrait à ses yeux....

PERIANDRE.

Comme vn objet funeste.

STELLE.

Auecque mille appas....

PERIANDRE.

Et c'est contre eux qu'il peste.

STELLE.

Charmera ses regards ainsi que ses esprits.

HYLAS, la querellant.

Si ie ne les tenois déja dans le mépris ;
Quoy ? penseriez-vous mettre Hylas à la tor[ture ?
Et le troubler autant qu'a fait vostre peinture ?
Qu'est-il, ce beau portrait, qu'il le falle adorer,
Et souffrir dedãs moy ses coups sans murmurer ?
Est-ce vn Dieu ? mais plustost vn Tyran de mon ame ?

Qu'il entre malgré moy, la tourmente, & l'en-
flame?
Sans respect violer tous nos sermens escrits,
C'est chercher vn congé qu'on deuroit auoir
pris,
En matiere d'amour iamais ie ne pardonne;
Stelle, retirez-vous, c'est Hylas qui l'ordonne.

STELLE.

O Dieux!

CORILAS.

Laissez le Ciel sans plus loin recourir
Vos humeurs ont dequoy se blesser & guerir.

STELLE.

Guerir? qui le pourroit? cette playe est mortelle.

CORILAS.

Et la seroit bien plus à toute autre que Stelle.

STELLE.

Toute autre ne sçait pas ce que vaut vn Amant.

PERIANDRE.

Tel qu'Hylas, dont l'humeur change dans vn
moment.
Sans aller plus auant consulter la Fontaine,
Vous voyez de son cœur vne image certaine.

CORILAS.

Nous verrons qu'il rendra ce qu'il a refusé,
Et qu'il ne s'est fâché que pour estre appaisé:
Que faites-vous? Hylas.

HYLAS.

(Hylas allant d'vn bout du Theatre à l'autre.)

Tu vois, ie me promeine.

CORILAS.

Quelque chose de plus; vous souffrez....

HYLAS.

Peu de peine.

STELLE.

Encore quel suiet m'attire son courroux?

PERIANDRE.

D'auoir veillé la nuict, & souspiré pour vous.

CORILAS.

Vous réuez.

HYLAS.

Sur vn poinct que tu pouras apprendre;
Ie songe à qui donner ce que ie viens de prendre.

CORILAS.

Où trouueroit son cœur en fin de lieux certains,
S'il ne peut demeurer vn momẽt dãs ses mains?

HYLAS.

Il me péze déja, ie cherche à m'en défaire;
Ie ne puis si long-temps consulter vne affaire.

CORILAS.

Et de soy-mesme encore aisée à terminer:
Sans le porter plus loin, vous le pouuez dõner....

HYLAS.

A qui donc?

CORILAS.

A l'obiet le plus proche & plus digne,
Et qui doit esperer cette faueur insigne,
A Stelle, *dont l'amour apres vn bien perdu*
Le conseruera mieux se le voyant rendu.

HYLAS.

En effect.

CORILAS.

Il le faut: cét accord sans contrainte
Vous tire de reproche, & luy rauit la plainte.

HYLAS.

Allons. Mais doy-ie croire & suiure ton con- [*seil?*
C'est Amour qui m'inspire vn mouuement pa- *reil.*

Il se iette à genoux deuant Stelle.

Nostre feu sortira plus beau de ces fumées,
Par cette épreuue Amour a nos loix confirmées;
Le plus beau prix, Bergere, est celuy qu'ō debat,
Et pour vostre victoire il falloit vn combat;
La mesme liberté, que ce coup rend plus forte,
Qui vous ôta mon cœur maintenāt le r'apporte.

STELLE.

Le mien à sa venuë offre vn lieu reserué.

HYLAS.

I'en cherchois de plus digne, & n'en ay point [treuué:
Pour n'en sortir iamais le Ciel vous le r'enuoye.

STELLE.

Et moy ie le reçoy sur des larmes de ioye.

PERIANDRE.

Dans leur legereté ie me treuue deceu,
Vn cœur donné si viste est plus viste deceu.

HYLAS.

Nos loix n'admettent point de plus longues querelles,
Sous nous la liberté reprend toutes ses aisles.

CORILAS.

Et ne vous laisse pas d'aucun moment ioüir,
Ou le tēps de vous plaindre, ou de vous réioüir.

Tandis qu'vn tel accord a vos ames vnies,
Et pour voir à iamais vos querelles finies,
La Fontaine d'Amour qui déja nous attend
Vous peut rendre auiourd'huy l'vn par l'autre content.

HYLAS.

Nos feux ne cherchẽt pas cette vaine asseurance.

STELLE.

Elle seule pourtant nourit mon esperance.

HYLAS.

Soit: au moins ce miroir, que ie tiens impuissant,
Vous montrera mes vœux en vous obeyssant.

ACTE V.

SCENE IIII.

ADAMAS.

DEpuis ce iour fatal si rempli de miracles,
Et qui fit trauailler les Dieux & les oracles,
Ce iour, où les destins par vn arrest prefix
Pour le sacrifier me donnerent vn fils,
Où l'autel me fit voir, en immolant Syluandre,
Ne l'auoir demandé qu'afin de me le rendre:
Depuis cette merueille, & cét heureux moment
Qui causa tant de ioye aprés tant de tourment,
Ie visite ces champs aussi tost que l'Aurore,
Où mon bien par l'obiet se renouuelle encore;
Auecque le Soleil ie paroy dans ces lieux,
Pour augmenter ma ioye & rendre grace aux Dieux,
Qui tirant du destin toute chose prospere
Du malheur de mon fils me firẽt heureux Pere:

Ie

Ie pense encore voir le bucher & l'Autel;
Amour icy rendit vn Oracle mortel,
Là Syluandre parut prest de choir en victime,
Criminel du destin sans connoistre son crime;
La teste couronnee, & tendant son bras nu
Il s'est offert icy, là ie l'ay reconnu.
Les Dieux apres nos maux faisant suiure leur grace
M'ont veu mourir icy, reuiure en cette place:
Enfin tout le Forests dans ces lieux assemblé
Fut témoin du bon-heur dont le Ciel m'a comblé.

I

ACTE V.

SCENE V.

DORINDE, ADAMAS, HYLAS, CORYLAS, STELLE, PERIANDRE, DORINDE.

QVe contemple Adamas?

ADAMAS.

La paix aprés la guerre;
Et le Soleil du Ciel, & celuy de la terre :
Les rayons du premier embellissent ces lieux,
Mais ils les touchent moins que l'éclat de vos yeux.

DORINDE.

Vous estes l'vn & l'autre en ce siecle où nous sommes,
Vostre esprit vint du Ciel pour éclairer les hommes.
Mais remettant à part l'esprit, la qualité,
Sans méler nos plaisirs à vostre dignité,

Rirez-vous pas d'Hylas, que cette trouppe ameine
Le dernier des Amants consulter la Fontaine?

HYLAS.

Ouy, le dernier en nombre, & premier en effect,
Si l'on doit r'enuoyer l'honneur au plus parfaict.

CORYLAS.

Hylas auroit mis fin sans doute à tant de charmes
Par l'effort de ses feux.

HYLAS.

Comme toy par tes larmes:
Ie tiens de dans l'erreur tous ces enchantemens.

STELLE.

Moy, qu'ils sont terminez pour nos contentements.

HYLAS.

D'ou viendra ce portrait? ô beauté sans seconde!
Puis-ie l'auoir au cœur, & le voir en cette onde.

STELLE.

Ne vous en troublez point; par vn change plus doux
Ie sortiray de moy pour estre auprés de vous,

HYLAS.

Ah! vous me ietterez dans vne peine extreme;
Laquelle doy-ie aymer? où l'Image, où vous mesme?

STELLE.

Toutes les deux en vne, & l'vne en toutes deux;
Nous sçaurons diuiser & conioindre vos feux.

HYLAS.

Tenant conte à mon cœur de ce que i'en dépense,
Il faut pour deux obiets doubler la recompense.

STELLE.

L'vne répond de l'autre.

HYLAS.

Et chacune pour soy.

STELLE.

Hylas ne se plaindra ni d'elle ni de moy.

HYLAS.

Sous ces conditions, & sur vostre parole
Ie vay dans la Fontaine adorer vne Idole:
Retirez vous Bergere, & ne m'approchez pas.

DORINDE.

Mon Pere, auanceons nous, & marchons sur ses pas.
Et vous, gentil Berger, voulez vous pas de mesme
Y regarder aussi la Beauté qui vous aime?

CORILAS.

M'aymer? le ſort n'eſt pas ſi contraire à mon bien;
Et qui pourois-ie voir, puiſque ie n'ayme rien?

ADAMAS.

Vous prenez en ce poinct vn peu trop de licence;
Mon fils, craignez l'Amour, reſpect z ſa puiſſance,
Ne rendez pas ce Dieu contre vous animé:
Pour y voir quelque obiet c'eſt aſſez d'eſtre aymé.

CORYLAS.

Et c'eſt encore plus que mon cœur ne demande.

HYLAS.

Venez, Amy, par moy l'Amour vous le commande;
Accompagnez Hylas, imitez ſon deſſein.

PERIANDRE.

Ie n'y verrois iamais ce qu'i'ay dans le ſein;
Dorinde & ma raiſon m'ôtent bien cette enuie;
Ie ſuis trop aſſeuré du mal-heur de ma vie:

HYLAS.

Doncque tout ſeul Hylas merite cet honneur.

ADAMAS.

Faut-il ſe deffier ainſi de ſon bon heur?

CORILAS.

Ie remets toute amour dedans l'indifference.

PERIANDRE.

Moy i'aymeray toûiours sans aucune espe-
rance.

HYLAS.

Quelle contraire Demon à leur esprit charmé?
Moy, i'aymeray par tout, cõme par tout aymé

ADAMAS.

Auecque ce desir vous cherchez la Fontaine?

HYLAS.

C'est par obeissance, & ie plains cette peine,
Ie cherche vn cœur en l'eau, que ie porte en ma
main,
On m'oblige à sçauoir ce dont ie suis certain.

STELLE.

Me voulez vous laisser long tẽps en cette place;
Voyez si ie suis là, mais auec quelle grace?

HYLAS.

Ie vay vous obeïr, attendez vn moment;
Au moins si ie suis fol, c'est par commandement.

ADAMAS.

A genoux; respectez....

HYLAS.

Qui donc; vne Bergere?

ADAMAS.

Luy montrant Amour sur vne Colomne de marbre au milieu de la Fontaine.

Craignez-vous pas ce Dieu?

HYLAS.

Ma peur seroit legere.

ADAMAS

Ses armes.....

HYLAS

Vallent peu dans la main d'vn Enfant,

Foible.

ADAMAS.

Puissant.

HYLAS.

Tout nu.

ADAMAS.

Mais par tout triomphant.

HYLAS.

Ses Myrthes les plus verts il les doit à ma gloire

DORINDE.

Ce Narcisse nouueau s'en fera bien à croire.

PERIANDRE

Aymé de tout le monde, & qui n'ayme que soy.

HYLAS.

Stelle, vous paroissez? ô Dieux! ie l'apperçoy

Douce, pleine d'appas, diuine, incomparable,
Toute belle & parfaite ; en vn mot, adorable.
Les Graces & l'Amour font rire ce tableau;
On diroit que Venus sort encore de l'eau;
De honte ou de respect les Najades se cachent;
Les arbres ont des yeux qui sur elle s'attachẽt:
Elle semble parler, & reprocher aux Cieux
Qu'ils n'ont qu'vn seul Soleil, elle deux dans ses yeux;
Ses cheueux épandus & cette tresse blonde
Semblent de filets d'or qui nagent dessus l'onde,
Ou des rayons de feu dessus les flots mouuants,
Le ioüet des Amours, non pas celuy des vents;
Elle me tend la main, des yeux elle m'appelle,
De l'autre elle contraint les flots amoureux d'elle,
Qui se poussent l'vn l'autre & d'enuie & d'amour,
Et pour baiser son front se coulent à lentour:
O merueille! ie voy trembler cette Colonne,
Que le Marbre s'anime, & la terre s'étonne.

ORACLE

Que rend l'Amour au dessus d'vne Colonne eleuée au milieu de la Fontaine.

QVe la fin de tes feux soit leur commencement;
Stelle t'ayme, Berger, rien ne t'en doit distraire:
Pour le punir, ou pour salaire,
Ie veux qu'Hylas ayme eternellement.

STELLE.

Obeïssons, Hylas, à la voix de l'Oracle;
Si l'Amour nous conioint; qu'opposez-vous d'obstacle?

HYLAS.

Ma liberté, qui fuit les chaines & les fers;
L'esprit n'en doit auoir que dedans les Enfers:
Que ie traîne en forçat mon lyen, & ma peine?
Tu l'esperes en vain, petit Dieu de Fontaine;
Crois-tu qu'Hylas iamais ayme sans liberté?
Ni quitte son humeur qu'auecque la clarté?

ADAMAS

Gardez la, vostre humeur, aussi bien que la vie;
Il semble que l'Oracle à cela vous conuie;

Ses mots les plus aisez ont vos sens confondus,
Et vous font peur, Hylas, faute d'estre entendus;
La voix des Dieux est haute, & non pas mensongere:
Dittes, n'aymez-vous pas cette ieune Bergere?

HYLAS.

Ie l'ayme, à mon humeur, & tãt qu'il me plaira;
Mais prest de me donner à qui plus m'agréra.

ADAMAS.

Iustement, & voila ce que l'Oracle ordonne,
Et qu'on peut voir encore écrit sur la Colonne.
Que la fin de tes feux soit leur cõmẽcemẽt.
Prestez icy l'esprit auec le iugement:
Finir, pour commencer vne flame nouuelle,
N'est ce pas vous remettre aux choix de la plus belle?
De tant d'obiets qu'Amour vous fit suiure autrefois,
Retournez-y par ordre, & r'entrez sous leurs loix;
Styliane, Cloris, & Dorinde sans honte

Viendront aprés Phyllis, Laonice, & Madonthe;
Et pour Stelle.....

HYLAS.

Arrestez, iusques-là tout va bien,
Ie luy promets leur cœur, en leur donnant le mien;
Ie la veux pour cõpagne en ces diuerses routes,
Ie l'aymeray toûiours, & les aymeray toutes.

STELLE.

En tant de belles mains si mon bien se départ,
Ie n'en sçaurois auoir qu'vne petite part.

DORINDE.

Bergere, il ne faut pas que cela vous étonne:
Nous aymant de la sorte, il n'aymera personne.

PERIANDRE.

Vous aurez en chemin de quoy vous diuertir:
Si vous le voulez suiure, il faut bien tost partir.

CORYLAS.

Cette Bergere instruite à ce plaisant office
Luy peut donner autant que prendre d'exercice:
Il sera bien leger, s'il la passe à courir.

HYLAS.

Et plus sage que toy, qui pensas en mourir.

PERIANDRE.

Hylas se peut nommer, aprés tant de voyages,
Vn Pelerin d'Amour.....

DORINDE.

Qui cherche des visages
De tout lieu, de tout âge, & de toute saison.

HYLAS.

Le Soleil ne voit il qu'vne seule Maison?
Sa course fait vieillir & raieunir le Monde;
Et la mienne toûiours en plaisirs est feconde.
Mais au sortir de ia mon esprit arresté
Treuue sur ce voyage autre difficulté:
Où chercher Alexis, & cette fausse Astrée?
Chryseide non plus dans vne autre contrée?

ADAMAS.

N'ayãt eu vos amours, qui chãgoient si souuẽt,
Que dans la fantasie, ou cherché que du vent,
Vous pourez en aymer encore les fantômes.

CORYLAS.

Et deuenir enfin amoureux des atômes.

HYLAS.

C'est, Berger ignorant, ce que tu n'entends pas:
Que vostre esprit m'oblige, & m'epargne de pas!
Ie tiendray vos auis pour vn second Oracle.

PERIANDRE.

Inconstant de nature.

DORINDE.

Et constant par miracle.

HYLAS.

Les Dieux & mon humeur me l'ordonnent [ainsi;
Amour en est content.

STELLE.

Et i'y consens aussi.

HYLAS.

Dittes, voyant mon cœur entre les mains d'vne autre,
Que c'est vn bien presté qui sera touiours vostre?

STELLE.

Stelle meurt & reuit dans vn si doux transport.

HYLAS.

Ainsi les Dieux & moy sommes tombez d'accord.

FIN.

Extraict du Priuilege du Roy.

PAR Priuilege du Roy donné à Paris le 28. iour de Mars 1635. signé FARDOIL, & scellé du grand sceau, il est permis à François Targa marchand Libraire à Paris, d'imprimer ou faire imprimer, & mettre en vente vn liure intitulé, *L'Inconstance d'Hylas, Comedie-Pastorale, fait par Maistre Anthoine Mareschal, Aduocat en nostre Cour de Parlement de Paris.* Faisant defenses à tous Imprimeurs & Libraires, d'imprimer ou faire imprimer, vendre ny debiter ledit liure, sans le consentement dudit Targa, durant le temps de cinq ans, sur peine aux contreuenans de cinq cens liures d'amende, de tous despens, dommages & interests, & de confiscation desdits exemplaires, comme il est plus amplement contenu en l'original dudit Priuilege.

Acheué d'imprimer le troisiesme iour de Iuillet 1635.

Erata.

Page 3. vers 12. lisez que. Pag. 4. v. 9. lisez seroit-ce eux Pag. 5. v. 3. lisez orgüeil. Pag. 10. v. 5. lisez amitié. Pag. 112 v. 7. lisez Marcilly.

www.ingramcontent.com/pod-product-compliance
Ingram Content Group UK Ltd.
Pitfield, Milton Keynes, MK11 3LW, UK
UKHW031855260826
14628UKWH00002B/786

9 782329 023625